키위새
날다

키위새 날다

구경미 장편소설

차례

절명한 양말 장수를 위하여   7
우리도 에어컨 사요   21
타짜를 위해 장전   35
리볼버   51
페인트칠   81
난공불락의 비밀 상자   99
고독한 어묵 장수   113
우리 집에 도청기   129
작별을 고함   151
땅굴 혹은 방공호   167
엿장수의 첫사랑   183
폭설   195

작가의 말   214

절명한 양말 장수를 위하여

"내가 보기엔, 그 여자가 원인이었다."

아버지가 그렇게 말했을 때 우리는 한동안 아무런 대꾸를 하지 못했다. 대답하기 귀찮아서가 아니라 너무 뜬금없어서였다. 일요일이었고, 오후 두세 시쯤 된 한낮이었다. 아버지와 경수 그리고 나는 마루에 앉거나 누워 텔레비전을 보고 있었다. 오랜만에 온 가족이 모였지만 우리에게는 그다지 할 말이 없었다. 나는 텔레비전을 보다가 가끔씩 바깥으로 시선을 주었다. 시선 끝에 걸리는 것은 잎사귀가 말라 가는 대추나무였다. 두 달째 비가 오지 않아서 대추나무는 마치 백발 마녀의 봉두난발 같은 모습을 하고 있었다. 전지가위라도 있다면 마녀의 머리카락을 싹둑싹둑 잘라 귀밑 일 센티 단발로 만들어 버리고 싶었다.

"뭐가요?"

아버지를 실망시키지 않기 위해 뒤늦게 내가 물었다. 경수는 하품을 하며 반바지 아래 드러난 다리를 긁었다. 경수의 다리는 멍투성이였다. 이삿짐을 옮기다 가구나 박스에 부딪쳐 생긴 자국이라고 했다. 어젯밤 경수가 이삿짐센터를 그만뒀다고 했을 때 아버지는 잔소리를 하지 못했다. 멍 자국 때문이었다.

"네 엄마 말이다."

아버지가 말했다. 그 순간 경수가 하품을 하며 방귀를 뀌었다. 선풍기 바람을 타고 방귀 냄새가 마루에 골고루 퍼졌다.

"들어가서 자든지 화장실엘 가든지 해라."

아버지가 말했다.

"엄마가 왜요?"

내가 물었다. 아버지가 돌아가신 엄마 얘기를 꺼낸 것은 처음이었다. 엄마는 팔 년 전에 돌아가셨고 병명은 위암이었다. 병원에 입원해 있는 한 달 동안 아버지가 간호했다. 간호는 극진했지만 끝내 엄마를 살려 내지는 못했다.

"국제상사 여자 때문에 네 엄마가 죽은 것 같다고."

아버지가 그렇게 말하는 순간 마루에 긴장감이 흘렀다. 경수는 천천히 몸을 일으켜 앉았다. 아버지는 담담했다. 텔레비전 리모컨을 집더니 채널을 이리저리 돌렸다.

"아빠."

경수가 불렀다.

"아빠라고 부르지 마라."

아버지가 말했다.

"아버지."

이번에는 내가 불렀다.

"넌 아빠라고 불러도 된다."

"싫어요."

단호한 목소리로 내가 말했다.

"지금 그게 중요한 게 아니잖아요. 국제상사 여자 때문에 엄마가 죽었다고요?"

얼굴을 찌푸리며 경수가 물었다. 아버지는 경수의 베개를 가져와 벽과 등 사이에 괴고는 반쯤 눕는 자세를 취했다. 손으로는 여전히 텔레비전 채널을 이리저리 돌리고 있었다. 그러면서 아무래도, 하고 말했다.

"그 여자가 엄마한테 어쨌는데요?"

경수의 목소리가 조금 커졌다.

"못살게 굴었다."

아버지는 담담했다. 팔 년 만에 불쑥 꺼낸 얘기치고는 아버지의 태도가 지나치게 태평했다. 아니, 팔 년이라는 시간이 흘렀기 때문인가.

"국제상사 여자가 누구예요? 넌 아니?"

"몰라."

경수가 고개를 저었다. 우리는 아버지를 바라보았다. 아버지의 눈과 아버지의 코와 아버지의 입을 차례로 훑어보았다. 대답을 기다리다 못한 경수가 아빠, 하고 불렀지만 아버지는 꿈쩍하지 않았다. 경수가 아버지의 다리를 잡고 흔드는 동안 내 머릿속으로는 의문 하나가 지나가고 있었다.

"못살게 군 거하고 위암이 무슨 상관이에요? 넌 아니?"

"몰라."

경수가 어리둥절한 얼굴로 대답했다.

"제때 밥을 못 먹었다, 그 여자가 심술을 부리는 바람에."

"밥……?"

경수와 내가 동시에 고개를 갸웃했다.

"나도 좀 알아봤다. 불규칙한 식사하고 위암이 관련이 많다더라. 게다가 느들 엄마는 아마 제일 빨리 나오는 라면을 시켜서는 제대로 씹지도 못하고 허겁지겁 먹었을 거다. 그 여자의 잔소리가 듣기 싫었던 게지. 정말 끔찍한 여자야."

"그런데 그 여자가 누구예요?"

아버지의 말을 자르며 경수가 물었다.

"국제상사……."

아, 국제상사! 생각났다. 엄마의 리어카가 있던 곳이 국제상사 앞이었다. 규모가 큰 국제상사는 남녀노소의 평상복, 작업복, 싸구려 정장 그리고 아동복까지, 입을 수 있는 거라면 뭐든지 다 파는 옷가게였다. 진열대마다 무더기무더기 쌓여 있던 옷들. 국제상사가 옷을 팔았으므로 엄마는 옷을 팔수 없었다. 그래서 엄마는 나일론 양말을 팔았다. 다섯 켤레에 천 원! 외치던 엄마의 지친 목소리가 지금도 들리는 듯하다. 그런데 국제상사 여자가 왜? 여자의 얼굴은 기억나지 않았다. 엄마가 공짜로 그 자리를 차지한 것도 아니었다. 월말이면 자릿세를 내기 위해 엄마는 꼬깃꼬깃 접힌 천 원짜리를 반듯하게 펴서는 책으로 눌러놓았다. 가끔은 숙제를 하는 동안 내가 깔고 앉아 있기도 했다. 그때 아버지는 수제화를 만드는 구둣가게의 직원이었다.

"사람들로 붐비는 시장통인 데다 엉덩이 하나 내려놓을 자리조차 없어서 점심을 먹으려면 식당으로 가야 했다. 느들 엄마가 식당에서 점심을 먹을 동안 그 여자가 리어카를 봐줬다. 빨리 와도 늦었다고 잔소리하고 늦게 와도 늦었다고 잔소리를 해댔다. 그렇게 게을러터진 주제에 밥이 목구멍으로 넘어가느냐고 악담을 퍼부었다."

아버지는 느릿느릿, 그러나 쉬지 않고 얘기를 계속했다. 어느새 새우처럼 몸을 구부리고 누운 채 텔레비전 리모컨을 만지작거리며.

"그 여자가 많이 독했다. 성정도 나빴다. 자기 가게 가지고 있다고 시장 사람들을 죄다 눈 아래로 봤다. 특히 만만한 느들 엄마한테 심하게 굴었다. 리어카를 봐주는 대가로 툭하면 자기 가게 청소를 시켰다. 말은 도와 달라는 거지만 그 여자는 팔짱 끼고 섰고 느들 엄마 혼자서 그 넓은 가게를 쓸고 닦았다. 나중에는 자기 남편 담배까지 사오라고 했다. 느들 엄마가 물도 사다 주고 담배도 사다 주고 그 여자의 구멍 난 바지도 수선집에 맡겨 줬다. 조금이라도 싫은 내색을 보이면 리어카 치우라고 협박했다. 더 나쁜 건, 느들 엄마 앉혀 놓고 온 시장 사람들 흉을 다 본다는 거였다. 흉을 본 사람은 속 시원한 얼굴로 돌아가지만 그걸 들어 준 사람은 그 흉을 고스란히 마음속 짐으로 떠안는 법이다. 느들 엄마가 달고 산 말이 속이 답답하다는 거였다. 그 여자가 내뱉는 흉을 다 떠안고 살았으니 얼마나 속이 무거웠겠냐. 보다 못한 내가 나한테 털어놓으라고 했다. 나한테 털어놓고 가벼워지라고 했다. 그런데 느들 엄마가 말을 안 들었다. 입을 꾹 다물고는 힘없이 웃기만 했다. 그 웃음이 얼마나 지쳐 보이던지……."

"……."

"먹고살기 힘든 시절이었다. 너희들 밑으로 돈은 많이 들어가지, 내 월급은 얼마 안 되지, 물려받은 재산도 없고 앞으로 물려받을 재산도 없었다. 가진 것 없고 배운 것 없으니 당하고 살 수밖에 없었다. 어느 날 그 여자하고 맞은편 신발가게 여자하고 싸움이 붙었다. 처음에는 소리소리 지르다가 나중에는 머리끄덩이를 잡고 시장바닥을 뒹굴었다. 사람들이 둥그렇게 둘러서서 구경했다. 그러다가 아무래도 결판이 안 나니까 결국 몇몇 시장 사람들이 달라붙어서 둘을 떼어 놓았다. 둘 다 머리카락이 한 움큼씩 빠졌다. 그 여자가 씩씩거리며 가게로 돌아오더니 느들 엄마를 째려보며 탓하더라. 자기 편 안 들고 가만히 있었다고. 자기 가게 앞에서 장사하면서 어떻게 그럴 수 있냐고. 마감할 시간이어서 리어카 끌어 주러 갔다가 그 장면을 봤다."

"아빠가 대신 따지지 그랬어요! 그걸 그냥 보고만 있었어요? 리어카를 다른 데로 옮기면 되잖아요!"

아버지 손에서 리모컨을 빼앗으며 경수가 말했다. 나도 같은 생각이었다. 어렴풋이 떠오르는 기억들만 모아 봐도 엄마는 십 년 가까이 국제상사 앞에서 양말을 팔았다. 그렇다면 십 년 동안이나 그런 대우를 받으며 살았단 말인가. 이해가 되지 않았다.

"갈 데가 없었다. 자리마다 주인이 있어서 마땅하게 옮길 곳이 없었다."

경수에게로 손을 뻗으며 아버지가 말했다. 하지만 경수는 못 본 척했다. 나는 경수에게서 리모컨을 빼앗아 아버지 손에 놓아 주었다.

"사실은, 다른 데보다 자릿세가 조금 쌌다."

리모컨을 만지작거리며 아버지가 말했다.

"너무해요!"

나도 같은 생각이었지만 경수가 먼저 말했으므로 나는 말하지 못했다. 잘 돌아가던 선풍기가 갑자기 덜덜덜, 소리를 내며 떨었다. 나는 무릎걸음으로 다가가 선풍기를 껐다가 조금 후에 다시 켰다.

"그리고 사실은, 너희들 입히라고 가끔 옷을 주기도 했다."
"아빠!"

경수가 소리쳤다. 아버지는 텔레비전의 볼륨을 높였다.

"우리가 거지예요?"

다시 경수. 아버지는 대꾸하지 않았다. 경수가 리모컨을 빼앗으려 하자 아버지는 잽싸게 손을 피했다.

엄마는 가끔씩 유난히 알록달록한 옷들을 사올 때가 있었다. 평소에 입던 옷들과는 달랐다. 그 밝기가 너무 지나쳐서 경수도 나도 유치하다며 싫다고 했지만 환불이 안 된다는 엄마의 말에 결국 입기는 했다. 되도록 집에서만. 그걸 알면서도 엄마는 여전히 우리가 싫어하는 색깔의 옷들을 사오곤 했다. 그때부터였을 것이다. 우리는 엄마의 취향과 안목을 대놓고 무시했다. 엄마는 아무 말 하지 않았다. 그런데 그 옷들이 그 여자한테서 얻어 온 것이었단 말인가.

"진작 얘기하지 그랬어요. 그때는 우리도 다 컸는데."

쪼글쪼글 말라 가는 대추나무 열매를 바라보며 내가 말했다.

"느들 엄마가 말 못 하게 했다. 애들 기죽는다고."

"말하는 게 나을 뻔했어요."

"나도 그렇게 생각한다. 너희들이 대드는 걸 보니 진작 말할 걸 그랬다."

아버지가 한숨을 쉬며 텔레비전의 볼륨을 더 높였다. 경수가 텔레비전 좀 끄세요, 하고 말했지만 아버지는 꿈쩍도 하지 않았다.

"너희들은 우리가 거지냐고 묻지만, 그때는 그 여자의 자잘한 호의를 거절할 수가 없었다. 사정이 어렵기도 했지만 더 큰 이유는 자잘한 호의를 거절했다가 자리까지 거절당할까 봐 그랬다. 거절할 수 없었기 때문에 더 화가 난다. 내가 비굴했다. 하지만 나를 그렇게 만든 건 그 여자였다."

"지금 얘기하는 이유는요? 엄마 돌아가신 지 벌써 팔 년이나 지났잖아요."

대추나무는 엄마의 작품이었다. 돌아가시기 일 년 전에 경기도에서도 변두리인 이 집을 샀다. 집을 산 뒤 제일 먼저 한 일이 대추나무를 심는 것이었다. 대추나무 옆에는 감나무를 심었고, 감나무 옆에는 석류나무를 심었다. 먹을 수 있는 유실수만 심는다고 경수와 내가 놀리자 엄마가 말했다. 주렁주렁 열매 달려 있는 게 보기도 좋잖니. 안 먹어도 배불러.

"내가 오래 못 살지 싶다. 죽기 전에 네 엄마 한이라도 풀어 줘야겠다고 생각했다."

"어디 아프세요?"

대추나무에서 시선을 거두며 내가 물었다.

"아니."

"그런데요?"

"사람 일은 모르는 거잖냐. 내일 죽을지, 모레 죽을지."

아버지가 또 한숨을 쉬며 텔레비전 볼륨을 조금 줄였다. 그래도 아직 텔레비전 소리가 우리 목소리보다 컸다. 아버지의 말을 잘 듣기 위해서는 신경을 곤두세워야 했다.
"그 말은, 아주 오랫동안 살 수도 있다는 뜻이에요."
내가 말했다.
"하지만 이 말은, 내일 죽을 수도 있다는 뜻이지."
아버지가 말했다.
"말장난 좀 그만하세요."
경수가 소리쳤다.
"넌 왜 자꾸 고함을 지르는 거냐? 여기 누구 귀먹은 사람 있냐?"
아버지도 덩달아 소리쳤다.
"텔레비전 소리를 하도 높이기에 아빠가 귀먹은 줄 알았죠."
경수가 퉁명스럽게 대꾸했다. 그러자 아버지가 텔레비전 소리를 조금 더 줄였다.
"그래서 어떻게 할 건데요?"
조금 전 끊긴 대화의 맥락을 찾아 내가 물었다.
"당한 만큼 돌려줘야지."
아버지가 태연하게 말했다. 나는 새우처럼 구부리고 누운 아버지의 등을 바라보다가 물었다.

"어떻게요?"

"그걸 의논해 보자는 거다."

"그런데 너무 쪼잔해요."

아버지 손에서 잽싸게 리모컨을 낚아채며 경수가 말했다. 픽, 소리를 내며 마침내 텔레비전이 꺼졌다.

"뭐가?"

"그 여자 때문에 엄마가 위암에 걸렸다고 보기에는 좀 억지가 있다고요."

나 역시 같은 생각이었다. 국제상사 여자에게 아주 책임이 없다고는 할 수 없겠지만 그렇다고 전적으로 책임이 있다고 보기도 어려웠다. 다만 아버지를 생각해서 말을 못 하고 있었을 뿐이다. 아니나 다를까 아버지가 화를 내었다.

"넌 네 엄마 아들도 아니다. 하기 싫으면 마라. 나 혼자 해도 된다."

그러면서 아버지는 선풍기 머리가 당신 쪽으로 왔을 때 회전을 멈춰 버렸다. 마치, 이건 내 선풍기이니 나 혼자만 바람을 쐬겠다고 시위하는 것 같았다. 더운 바람이었지만 그마저도 없으니 금방 땀이 났다. 다른 선풍기를 가지러 일어나기는 싫었다. 경수는 멍투성이 다리를 긁었다.

"잘 생각해 보면 그 여자한테 당한 게 더 있을지도 몰라요."

선풍기를 다시 회전시키며 경수가 말했다. 아버지는 생각에 잠겼다.

"맞다. 생각나는 게 있어. 그 여자는 가끔 새참으로 자장면을 시켜 먹었다. 자기 직원도 쏙 빼고 혼자서만. 그런데 자장면을 가게 안에서 먹지 않고 꼭 입구에다 의자를 내다 놓고 앉아서 먹었다. 느들 엄마 보라고. 심술궂은 여편네. 느들 엄마는 침만 꼴깍꼴깍 삼켰다. 점심을 배불리 먹어도 누가 옆에서 뭘 먹고 있으면 또 먹고 싶은 게 사람 심리 아니냐. 게다가 그때는 자장면이 귀했다. 뭐, 꼭 그렇지는 않더라도 한 푼이라도 아껴야 해서 자장면은 물론이고 새참 자체를 못 먹었다. 라면 한 그릇으로 하루를 견뎌야 했다. 저녁은 집에 돌아오는 밤 열 시가 넘어서나 먹을 수 있었다. 정말 치사한 여자였다."

아버지는 얼굴을 찌푸리며 새우처럼 구부렸던 몸을 반듯하게 폈다. 하지만 얼마 안 가 다시 몸을 구부렸다.

"치사하긴 하네요. 또 없어요?"

아직도 부족하다는 듯 경수가 재촉했다.

"생각나는 게 두어 가지 더 있기는 한데……."

"뭔데요?"

"자기 집 냉장고를 바꿨든 말든 관심도 없는데 냉장고를 바꿨네, 차를 바꿨네, 땅을 샀네, 꼭 자랑을 한 바가지씩 했다. 공부를 잘하네, 상을 받았네, 아들 자랑도 하고 딸 자랑도 했다. 심지어는 자기 집 개 새끼까지 자랑했다."

"그래도 아직 명분이 빈약해요."

경수는 한숨까지 내쉬며 말했다. 뜨거운 빛살이 마루로 들이닥쳤다. 아버지는 햇빛을 피해 옮겨 누우며 선풍기의 풍향 조절을 정지로 돌렸다. 그러더니 선풍기 머리를 당신 쪽으로 틀었다. 또도도도, 선풍기가 관절 부러지는 소리를 냈다.

"됐다. 안 도와줄 거면 집에서 나가라. 은수 넌 어떡할 거냐? 너도 나가고 싶으냐?"

우리도 에어컨 사요

 국제상사는 여전히 건재했다. 어디 옮겨 가지도 않고 같은 자리에, 그 큰 덩치 그대로 존재했다. 그랬으므로 우리는 힘 하나 들이지 않고 표적을 찾을 수 있었다. 경수는 찾아간 그날로 국제상사에 취직되었다. 모든 신체 조건이 대한민국 남성의 평균치를 조금 웃도는 경수는 특별히 머리 쓰는 일이 아니라면 어디든 쉽게 취직할 수 있었.

 "가게 외에 그 여자가 어딜 가고 무얼 하는지 알아봐라."

 그것이 아버지의 지령이었다. 그리고 경수가 집에서 쫓겨나지 않고 살 수 있는 이유였다. 그날, 일요일 한낮의 대화 이후 경수와 나에게는 의무 하나가 더 생겼다. 선뜻 자신의

뜻에 동조하지 않는 자식들에게 배신감을 느낀 아버지가 생활비 분담을 요구한 것이다. 경수도 나도 반대하지 않았다. 지금까지 키워 주었으니 아버지의 요구는 당연해 보였다. 우리가 그러겠다고 하자 아버지는 미리 생각해 둔 듯 재빨리 말했다.

"건강보험료 부과 방식을 적용하자."

"그게 뭔데요? 누나는 알아?"

경수가 물었다. 나는 모른다고 했다. 그러자 아버지가 설명했다.

"건강보험료 산정 기준에는 성·연령 점수라는 게 있다. 그중에서 성은 제외시키고 연령으로만 생활비를 분담하자는 거다. 성 점수가 남자는 높고 여자는 낮다는 건 성차별이라고 본다. 가족들만이라도 성차별을 없애야 하지 않겠냐."

나는 어리둥절한 표정을 지었다. 경수도 아버지의 말을 이해 못 하기는 마찬가지였다.

"그래서요?"

경수가 물었다.

"연령으로 본다면 은수 점수가 가장 높고 그다음이 경수와 나다."

나는 올해 삼십 대가 되었고 경수는 이십 대, 그리고 아버지는 오십 대였다.

"그런데요?"

다시 경수가 물었다. 그쯤에서 나는 눈치챘다. 아버지, 하고 불렀지만 아버지는 못 들은 척 하던 말을 계속했다.

"그러니까 전체 생활비 중에서 경수와 나는 삼십 퍼센트, 은수는 사십 퍼센트를 부담하는 거다. 이게 제일 공평해."

"억울해요. 그냥 똑같이 나눠요."

내가 말했다. 하지만 잠시 생각하던 경수가 아버지의 의견에 찬성표를 던지는 바람에 내 말은 힘을 얻지 못했다. 나는 한숨을 쉬었고 그 틈에 아버지가 재빨리 선언했다.

"그럼 결정된 거다. 적용은 이번 달부터."

아버지가 유리할 때만 내세우는 다수결의 원칙에 따라 나는 입을 다물어야 했다. 아버지나 경수를 내 편으로 만들지 않는 이상 나는 앞으로도 이 문제에 대해서는 이의를 제기할 수 없었다.

예전에도 그런 적이 있었다. 내가 초등학교에 다닐 무렵이었다. 평소에는 우리 의견을 묻지 않다가도 엄마와 아버지 사이에 의견 충돌이 일어날 때에만 경수와 나에게 표결권이 주어졌다. 그날의 안건은 공업용 스테이플러를 사야 하느냐, 말아야 하느냐였다.

"사야 한다는 데 찬성하는 사람은 손들어 봐라."

아버지가 말했다. 엄마는 반대, 그리고 아버지는 찬성 쪽이었다. 경수와 나는 스테이플러가 뭔지도 몰랐지만 양쪽의 눈치를 보다가 머뭇거리며 손을 들었다. 아버지에게 미리 포섭된 결과였다. 뇌물은 과자 한 봉지씩. 집에서 그런 걸 쓸 일이 뭐가 있어요? 하고 엄마가 항변했지만 이미 결과를 되돌릴 수는 없었다. 다수결의 원칙에 따라 결정된 사항이야, 말하며 아버지가 물러서지 않았기 때문이다. 생활비도 없는데……. 마지막까지 버티기는 했지만 엄마는 결국 한숨을 쉬는 것으로 항복했다.

다음 날 아버지가 사온 스테이플러를 보고 우리는 저도 모르게 신음 소리를 냈다. 우선은 그 크기에 압도당했고, 그 무게에 주눅 들었고, 은빛 쇳덩이가 내뿜는 위엄에 경도되었다. 커다랗게 벌어진 입, 육중한 몸매, 두툼한 등. 경수와 나는 끙끙거리며 번갈아 그 물건을 들었다 놓고 또 들었다 놓았다. 우리가 감탄을 쏟아 내자 아버지는 자랑스러운 얼굴로 은빛 쇳덩이를 쓰다듬었다. 또 그런 아버지를 우리는 존경을 듬뿍 담은 눈으로 우러러보았다. 혀를 차는 사람은 오로지 엄마뿐이었다.

"이제 바느질 안 해도 된다. 찢어진 옷이든 고무신이든 다

가져와 봐라."

아버지가 말했다. 경수는 뒤축이 찢어진 운동화를, 나는 옆구리가 터진 책가방을 가져왔다. 아버지는 운동화 뒤축을 가지런하게 맞추더니 은빛 쇳덩이 안으로 밀어 넣었다. 그런 다음 두 손과 무릎으로 그 물건을 꾸욱, 눌렀다. 철컥, 소리가 좁은 방 안 가득 울려 퍼졌다. 한 번 더. 또 한 번.

"잘 봐라."

쇳덩이 안에서 꺼낸 운동화 뒤축에는 가로로 된 철침 세 개가 나란히 박혀 있었다. 운동화에 비해 철침이 너무 커서 헐겁기는 했지만 어쨌거나 찢어진 부분을 꿰매는 데는 성공했다.

"대단해요, 아빠!"

경수는 운동화를 들고 팔짝팔짝 뛰었다. 나도 경수의 운동화에 한 손을 걸친 채 경수보다 더 높이 뛰었다. 아버지는 뛰는 대신 활짝 웃었고, 고개를 젓는 사람은 오로지 엄마뿐이었다.

"책가방도 이리 내버리."

내 책가방에는 철침이 다섯 개나 박혔다. 내가 하늘 높이 뛰는 동안 경수는 책등이 찢어진 교과서와 엉덩이에 구멍이 난 바지를 아버지 앞으로 내밀었다. 지고 싶지 않았던 나는 찢어지지도 않은 멀쩡한 치마를 들고 경수 뒤에 서서 차례를 기다렸다. 엄마의 한숨 소리가 깊어졌다.

하지만 은빛 쇳덩이에 대한 경도는 오래가지 않았다. 그와 함께 아버지에 대한 존경도 머잖아 사라졌다. 아니, 사라진 정도가 아니라 아버지의 취미 생활이 이상하게 보이기 시작했다. 아이들의 놀림 때문이었다. 철침이 박힌 치마를 입고 역시 철침 박힌 책가방을 메고 학교에 갔던 나는 아이들로부터 거지라는 말을 들었다. 그것은 십일 년을 살아온 내 생애 최악의 놀림이자 모욕이었다. 경수의 사정도 다르지 않았다. 학교에서 돌아온 우리는 은빛 쇳덩이를 싸늘한 시선으로 바라보았다. 그 물건에 대한 애정이 변하지 않은 사람은 아버지뿐이었다.

아버지는 솔기가 터진 이불에도 철침을 박았고, 발등 부분이 찢어진 고무신에도 철침을 박았다. 심지어는 수건이나 베개, 달력과 지갑, 외투와 속옷에까지 철침을 박아 넣었다. 삐뚤빼뚤 철침 박힌 물건들은 몇 년 뒤 개봉한 영화「프랑켄슈타인」에 나오는 괴물의 얼굴과 닮아 있었다.

아버지가 애정을 거두지 않았던 은빛 쇳덩이를 결국 떠나보낼 수밖에 없었던 것은 철침의 피해가 속속 드러났기 때문이다. 곳곳에 박힌 철침이 우리의 얼굴을 긁고 목을 찌르고 손가락을 베고 허벅지에 상처를 냈다.

"당장 내다 버려요!"

아무런 뇌물도 받지 않았지만 경수와 나는 엄마 편에 서서 손을 들었다. 다수결의 원칙에 따라 아버지는 어쩔 수 없이 은빛 쇳덩이를 들고 집을 나섰다. 그날 저녁 우리 가족은 오랜만에 마음껏 고기를 먹었다. 은빛 쇳덩이를 처음 산 가게에다 도로 넘겼다고 했다. 살 때의 절반도 안 되는 값이라고 아버지는 아쉬워했지만 우리는 아무도 개의치 않았다.

국제상사로 출근한 첫날 저녁, 경수가 내게만 살짝 말했다.

"그 아줌마, 취미가 이상해."

"뭔데?"

칫솔질을 멈추고 내가 물었다. 욕실 문턱에 쪼그려 앉은 경수는 마루 쪽을 흘끗 보더니 속삭이듯 말했다.

"냉장고 자석 수집."

"그게 뭐 어때서?"

내가 입안을 헹구고 욕실에서 나오자 경수도 졸졸 따라왔다. 아버지는 마루에 누워 텔레비전을 보고 있었다. 채널이 쉴 새 없이 돌아갔고 그때마다 소리가 커졌다 작아졌다를 반복했다. 볼륨 버튼을 건드리지 않는데도 채널마다 소리의 크기가 달랐다. 채널이 바뀔 때마다 경수와 나는 깜짝깜짝 놀라곤 했다. 안 그런 척했지만 가끔은 아버지도 갑자기 높아진 소리 때문에 움찔하는 것 같았다. 내가 부엌으로 가자 경수가 또 졸졸 따라왔다.

"누나가 그 아줌마를 안 봐서 그래. 완전 고릴라야. 그 덩치에 냉장고 자석 수집이 어울리기나 해?"

나는 물을 마시며 아버지를 바라보았다. 경수와 나의 취미는 모르겠지만 아버지의 취미는 확실히 말할 수 있었다. 텔레비전 시청이다. 아버지는 퇴근해서 돌아오면 잠들 때까지 텔레비전을 보았다. 식탁을 두고도 꼭 텔레비전 앞에서 밥을 먹었다. 한겨울을 빼고는 텔레비전을 켜놓은 채 마루에서 잠을 잤다. 참다못한 경수나 내가, 텔레비전 좀 그만 보세요, 하고 말해 봐도 소용없었다. 엄마가 돌아가신 뒤부터 시청 시간이 늘기 시작하더니 구둣가게의 사장이 젊은 아들로 바뀐 뒤부터는 아예 텔레비전 앞에 붙어살았다.

"그놈이 날 미치게 한다."

아버지는 텔레비전 중독을 젊은 사장 탓으로 돌렸다.

"별의별 게 다 있어. 먹음직스러운 스시 세트도 있고 킬리만자로 산, 바이칼 호수, 미니마우스와 뽀뽀하는 미키마우스, 나이아가라 폭포에서 다이빙하는 밴쿠버 곰까지 있다고."

"재밌네, 뭐."

나는 심드렁하게 대꾸했다. '당한 만큼 돌려줘야' 할 여자의 취미 생활을 경수처럼 신 나서 비웃을 수가 없었다. 그 정도의 양심은 있었다.

"아빠 말이 맞았어. 출근 첫날부터 얼마나 자랑을 해대는지 몰라. 그런데 웃기는 건 그런 자석들을 인터넷으로 사고 있더라고. 여행 다녀온 사람들한테. 자기가 여행을 가서 사는 게 아니라."

"그래서 뭐?"

나의 일관된 심드렁함도 경수의 흥분을 가라앉히지는 못했다. 경수가 말했다.

"그런데 더 웃기는 건, 자석만 사는 게 아니라 그 여행자의 추억까지 같이 산다는 거야. 그게 말이 돼? 추억이 산다고 사지는 거야? 그런데 그 아줌마, 돈 주고 산 추억을 마치 자기가 경험한 것처럼 마구 떠들어. 그러다가도 누군가가, 허구한 날 가게나 지키고 있으면서 거긴 언제 가봤냐, 물으면 가본 적 없다고 당당하게 말해. 이느 가난한 여행자의 추억과 물건을 샀다고 뻔뻔하게 말한다니까. 그래 놓고 상부상조래. 여행자 혼자만의 추억으로 남기면 뭐할 거냐, 했다가 원래 얘기는 별로 재미가 없었다, 내가 덧붙이고 빼고 해서 재밌게 얘기하니까 추억이 한결 풍요롭고 재미있는 거다, 이런 걸 각색이라고 한다, 내 얘기를 듣는 당신들은 복 받은 줄 알아라, 이런다니까. 완전 '헉'이지?"

그 부분에서는 나도 조금 놀랐다. 물건이 아니라 다른 누군가의 경험을 산다는 것은 일찍이 들어보지 못한 탓이었다. 남의 경험이라. 타산지석으로 삼으려는 것도 아니고 창작의 소재로 쓰려는 것도 아니라면 그런 경험담이 왜 필요할까.

"남의 추억으로 사람들을 끌어모으는 거지. 아무튼 되게 심심한가 봐, 그 아줌마."

경수가 결론 내렸다. 이제 할 말을 다했다는 듯 경수는 홀가분한 얼굴로 마당으로 나가더니 벤치에 누워 역기를 들었다. 밤이 되어도 날씨는 여전히 무더웠다. 마루에서는 텔레비전 소리가, 마당에서는 경수의 기합 소리가 한여름 밤의 고요를 흩뜨렸다.

"가뜩이나 더운데 널 보니까 더 덥다."

아버지가 경수를 향해 투덜거렸다.

"어차피 내려놓을 걸 뭐하러 용을 써가며 들어 올리는지 모르겠다."

그러거나 말거나 경수는 밤이 깊도록 역기를 들었다 놓는 '무의미한' 행동을 반복했다.

며칠 뒤 토요일 저녁이었다. 후덥지근한 열기 때문에 저녁밥을 먹다가도 한 번씩 숟가락을 내려놓고 숨을 몰아쉬어야 했다. 쉴 새 없이 돌아가는 선풍기도 더위를 쫓기에는 역부족이었다. 그 선풍기마저도 이십 년 넘은 고물이라 덜덜덜 소리를 내며 머리나 날개를 떨기 일쑤였다. 나는 노인네 같은 선풍기를 바라보다 숟가락을 놓았다.

"우리도 에어컨 사요."

그러나 아버지는 내 말을 못 들은 척 밥상에서 물러나더니 자리에 드러누웠다.

"경수도 있었으면 찬성했을 거예요. 그러면 이 대 일이잖아요."

토요일 저녁이지만 경수는 아직 퇴근하지 않았다. 주말 퇴근 시간도 평일과 같은 아홉 시, 게다가 이 주일에 한 번 월요일에만 쉴 수 있었다. 국제상사 여자가 일요일마다 쉬는 것에 비하면 불공정한 처사였다.

"뉴스 좀 틀어 봐라."

눈앞에 리모컨을 두고도 아버지가 말했다.

"아버지가 트세요."

"나는 손이 없잖냐."

"손이 왜 없어요? 아버지 머리 밑에 있잖아요."

"이건 베개야."

"아버지는 너무 이상해요."

내가 정색하고 말했지만 아버지는 아무런 타격도 받지 않은 얼굴이었다. 할 수 없이 리모컨을 집어 뉴스 채널을 찾아 틀었다.

"우리 집 선풍기들 다 할 만큼 했어요. 이제 쉬게 해줘야죠. 관절염 앓는 노인네들을 언제까지 부려 먹을 수는 없잖아요."

"관절염 앓는 노인네 여기도 있다. 효도는 나한테 먼저 해라. 저 노인네보다 내가 더 늙었다."

나는 한숨을 쉬었다. 참새 눈물만큼 받는 내 월급으로는 에어컨을 살 수 없었다. 거기다 생활비 내고 용돈 쓰고 나면 에어컨은커녕 젊고 튼튼한 선풍기 하나 사기도 버거웠다. 지각변동이 일어나 갑자기 수강생이 늘지 않는 한 월급을 올려 받을 길은 묘연했다.

내가 일하는 곳은 패션학교다. 하지만 말이 패션학교지 사실상 재봉 기술과 원피스 같은 간단한 옷을 만드는 방법을 가르치는 학원에 불과했다. 그 대상도 주로 주부들이었다. 애초에 패션디자이너를 꿈꾸는 수강생을 받을 수 있는 곳이 아니었다. 그만한 실력을 갖춘 선생이 없는 것은 물론이었다. 의류나 의상학과 전공자조차 없었고, 그것은 나도 마찬가지였다. 다행히 웰빙 바람을 타고 손수 옷을 만들어 입으려는 주부가 늘고 있었다. 평생 바느질 한 번 제대로 해본 적 없는 사람들이었다. 재봉틀 앞에 앉으면 커다란 바늘에 겁부터 먹는 사람들이었다. 원장은 그런 주부들을 선호했다. 별다른 노력 없이도 그들을 오랫동안 학원에 붙잡아 둘 수 있기 때문이었다. 물론 그들이 중간에 포기하는 일이 없도록 원장은 당근과 채찍을 적절히 사용할 줄 알았다.

"그럼 경수랑 의논해서 살까 봐요."

"조용히 해봐라. 내일 비 온다는 소리냐?"

나는 뉴스 화면을 보았다. 서울 경기 지역에 구름과 빗방울이 떠 있었다.

"그렇다고 하네요."

내 목소리는 퉁명스러웠다. 하지만 잠시 후 나는 '비?' 되물었다. 비가 온다고? 아아, 근 두 달 열흘 만에 오는 비였다. 진작 왔어야 할 비가 마침내 내일 온단다. 나는 마당의 대추나무를 바라보았다. 며칠 사이 대추나무 잎사귀는 더 쪼그라들었고 가지는 더 하얗게 말라비틀어져 있었다. 백발 마녀가 십 년은 더 나이 들어 있었다. 오늘까지만 참아라, 생각하는데 아버지가 말했다.

"내일 산에 가자."

"네? 비 온다는데 산에 가요?"

"그래야 제대로 훈련이 될 거 아니냐."

아버지는 머리 밑에서 한 손을 빼내 리모컨을 집더니 이리저리 채널을 돌렸다.

"무슨 훈련요?"

"체력 훈련이다. 자고로 모든 일에는 순서가 있는 법이고, 체력이 그 첫째 조건이다."

모든 일이라니요? 물으려다 그만두었다. 뒤늦게 깨달음이 왔다. 당한 만큼 돌려주는 일. 기어코……. 나는 마음을 가다듬고 '경수는요?' 하고 물었다. 문득 불길한 생각이 들었던 것이다. 설마…… 가장 유력한 후본데, 생각했으나.

"우리 둘이 가야지. 경수는 바쁘고 또 맡은 일이 있잖으냐."

나는 고개를 푹 숙였다. 경수와 아버지가 있었으므로 나한테까지 차례가 올 줄은 몰랐다. 그래서 어느 정도는 마음이 덜 무거웠고, 처음 아버지가 그 얘기를 꺼냈을 때도 덜 반대했던 거였다. 그런데……. 나는 한층 깊어진 한숨을 내쉬며 대추나무를 바라보았다.

타짜를 위해 장전

　국제상사 옆으로는 자그마한 옷가게와 원단가게들이 즐비하게 늘어서 있었다. 맞은편에는 부라더미싱이 있고, 부라더미싱 옆에는 큰웃음마트, 또 그 옆에는 빛나조명이 있었다. 가게 사이사이에는 국수와 순대, 술안주 등을 파는 리어카가 생니 속의 금니처럼 드문드문 박혀 있었다. 그 모든 가게들 중에서도 국제상사가 규모 면에서 단연 으뜸이었다. 마치 국제상사가 주위의 가게들을 수족처럼 거느리고 있는 것처럼 보였다. 양말을 파는 가게나 리어카는 보이지 않았다. 나중에 경수에게 물으니 국제상사에서 양말까지 취급하기 때문에 다른 양말 장수는 그 거리에 들어오지 않는다고 했다.

토요일 저녁 무렵이었다. 나는 퇴근하자마자 집이 아닌 국제상사로 향했다. '우리 둘이 한다'는 아버지의 선언이 있은 지 꼭 일주일이 흘렀다. 그 일주일 동안 나는 밤잠을 설쳐 가며 고민했고, 하나의 결론을 내릴 수 있었다. 국제상사 여자의 악행을 내가 직접 찾는 것이었다. 악행이라는 탄알을 찾아 리볼버의 탄창에 하나씩 장전해 넣는 것이었다. 그렇게 탄창이 모두 채워졌을 때, 그것이 방아쇠를 당길 증오의 힘이 될 거라는 믿음이었다. 그렇게라도 하지 않으면 나는 영원히 죄책감이라는 늪에서 헤어 나오지 못할 것 같았다.

경수는 나를 사촌누나라고 소개했다. 우리를 알아보지 못했으니 굳이 사촌으로 떨어뜨려 놓을 필요는 없었지만 나는 가만히 있었다.

"동생 걱정돼서 왔나 봐?"

여자는 대뜸 반말이었다. 나는 불쾌한 표정을 짓지 않기 위해 노력했다. 경수 말대로 여자의 덩치는 우람했다. 어깨가 딱 바라졌고 키가 컸고 팔다리 허리 모두 튼실해 보였다. 가무잡잡한 얼굴에 혈색마저 좋아서 오십 대 후반의 나이로는 보이지 않았다. 이렇게 튼튼한 몸으로 삭정이보다 못한 엄마를 괴롭혔단 말인가 생각하자 얼굴이 달아올랐다. 왜 그랬어요? 묻고 싶었으나 내 입에서 나가는 말은 다른 것이었다.

"아니에요, 지나는 길에 잠깐 들렀어요. 그리고 이거."

나는 오전 내내 만든 원피스를 건넸다. 아버지가 알면 배신감을 느낄 테지만 그녀에게 눈도장이라도 찍으려면 어쩔 수 없었다.

"나 주는 거야?"

의외라는 듯 그녀가 물었다. 나는 고개를 끄덕이며 덧붙였다.

"제가 만들었어요."

"내 평생 선물이라고는 처음 받아 보네."

그녀가 중얼거렸다. 그걸로 끝이었다. 고맙다거나 원피스가 예쁘다는 말은 하지 않았다. 인사나 칭찬에 인색한 사람이라고 생각했는데 나중에 경수가, 옷 장사 하는 사람한테 옷 선물은 좀 그렇잖아, 말했을 때에야 비로소 내 실수를 깨달았다. 하긴 그렇지. 넓디넓은 매장에 널린 게 옷인데 아무리 직접 만들었다고는 하나 옷 선물이 달가울 리 없을 것 같았다.

"그럼 어떡해? 가진 거라곤 옷 만드는 기술뿐인데."

그냥 음료수나 사오지, 중얼거리다 내가 쨰려보자 경수는 얼른 입을 다물었다. 그 무렵 경수는 내 말이라면 무조건 다 들어주었다. 생활비 분담에 이의를 제기했을 때도 선뜻 자신이 사십 퍼센트를 부담하겠다고 나섰다. 선풍기 하나 바꾸지 않는 아버지의 인색함에 대해 불평을 늘어놓았을 때 역시 올여름이 가기 전에 내 방에 에어컨을 설치해 주겠다고 약속했다. '그 일'에서 제외되었다는 홀가분함에서 나온 일시적인 호의라는 걸 모르지 않았지만 경수가 그렇게 나오자 얼어붙었던 마음이 조금 풀렸다.

"커피? 차?"

국제상사 여자가 물었다. 나는 차를 달라고 했다. 국제상사는 손님 하나 없이 한가했다. 시장 거리 전체가 한산하다는 느낌을 주었다. 벌써 불이 꺼진 가게도 있었다. 토요일 저녁이니 당연히 붐빌 거라 생각했던 내 예상은 빗나갔다. 먹을거리를 파는 리어카에만 간혹 손님이 있을 뿐 물건을 사려는 사람은 눈에 띄지 않았다.

"아무리 불경기라지만 오늘따라 손님이 더 없네."

내 생각을 읽은 듯 그녀가 말했다. 그랬다가 또 잠시 후에 덧붙였다.

"혹시 누나가 액운을 몰고 온 거 아냐?"

나는 너무 놀라서 아무런 말도 하지 못했다. '액운'도 그렇지만 늙은 여자의 입에서 흘러나온 '누나'라는 단어에 더 큰 충격을 받았다. 온몸이 오그라드는 것 같았다. 내 표정을 본 그녀가 호탕하게 웃더니 연타를 날렸다.

"놀라는 거 보니 진짠가 보네."

나는 그 자리에서 즉각 리볼버의 탄창에다 탄알 하나를 장전해 넣었다. 터무니없게도 매국노에 맞서는 독립투사의 심정으로.

제 일의 탄알, 독설 그리고 조롱.

국제상사에 오길 잘했다는 생각이 들었다. 그녀를 만난 지 십 분도 안 돼서 탄창 하나를 채울 수 있었다. 이 정도 속도라면 스물네 시간만 투자해도 여덟 개의 탄알 정도는 거뜬히 건질 수 있을 것 같았다. 아버지의 판단이 틀리지 않았다는 안도감이 들었고, '그 일'에 내가 참여해야 한다는 죄책감에서 벗어날 수 있으리라는 희망이 생겼다.

일단 오늘은 여기까지. 그녀를 만난다는 긴장감이 과했는지 안면을 트자마자 피로가 몰려왔다. 내가 막 찻잔을 내려놓고 일어서려 할 때였다. 형님 있우, 소리와 함께 오동통한 여자가 국제상사로 들어섰다. 옷 수선집인 부라더미싱 주인이었다. 국제상사가 파리 날리면 덩달아 일감이 떨어지는 곳이었다. 그래서 한가한 시간이면 곧잘 국제상사로 와 고스톱을 치거나 수다를 떨다 간다고 했다. 하지만 부라더미싱 여자가 자주 국제상사를 찾는 것은 꼭 한가한 시간이 일치해서

만은 아니었다. 경수가 말했다.

'대여섯 평 공간에서 하루 종일 재봉틀 돌리다 보면 널찍한 국제상사가 그립지 않겠어?'

네가 어떻게 아니? 묻자 경수가 대답했다.

'그 여자 눈이 다 말하는데 뭘.'

이유야 어찌 됐든 부라더미싱 여자가 국제상사로 와서 노는 바람에 경수의 퇴근 시간이 늦어지고는 했다. 경수가 여자를 마음에 들어 하지 않는 이유였다. 하지만 내 머릿속에서는 다른 문장이 생성되고 있었다.

'엄마가 국제상사 여자의 옷을 맡기러 갈 때마다 이 여자는 무슨 생각을 했을까? 혹시 엄마를 비웃지는 않았을까?'

나는 여자의 머리카락에 붙어 있는 실밥을 바라보았다.

"형님, 술 내기 어때요?"

부라더미싱 여자가 주머니에서 화투장을 꺼내며 국제상사 여자에게 물었다. 나는 엉거주춤 일어섰고, 이제 가봐야 한다고 말했다. 하지만 국제상사 여자가 잡았다.

"누나도 좀 더 놀다 가."

고스톱을 못한다고 사양했지만 소용없었다. 국제상사 여자가 내 팔을 잡더니 카운터 뒤에 딸린 방으로 몰아넣었다. 고스톱을 못한다는 내 말은 사실이었다. 예전에 큰아버지가 고스톱으로 집을 날린 전력이 있어서 엄마는 우리에게 고스톱이라는 단어조차 입에 올리지 못하게 했다. 각종 도박성 놀이를 금지당하기는 아버지도 마찬가지였다.

방에는 금세 담요가 펼쳐지고 화투장이 담요 정중앙에 놓이고 여자들이 둘러앉았다. 나는 다시 한 번, 저기…… 가봐야…… 말을 꺼냈다가, 이렇게 가는 법이 어딨어? 국제상사 여자의 한마디에 그대로 눌러앉고 말았다. 잘못한 것도 없으면서 나는 마치 큰 잘못을 저지른 것처럼 주눅이 들어 그녀가 건네주는 화투장을 얌전히 받아 들었다. 부라더미싱 여자의 선공으로 고스톱이 시작되었다. 그러기를 십여 분.

"누나는 빠져야겠다."

나는 얼른 뒤로 물러앉았다. 국제상사 여자가 이걸 먹어야지, 그건 아니지, 가르쳐 줄 때마다, 나 때문에 흐름이 끊길 때마다, 내 실수에 여자들이 눈살을 찌푸릴 때마다 마음이 조마조마했던 것이다. 시곗바늘은 저녁 여덟 시를 가리키고 있었다. 국제상사 여자가 경수를 부르더니 맥주를 사오게 했다. 잠시 후에는 부라더미싱 여자가 경수를 부르더니 담배를 사오게 했다. 얼마쯤 시간이 지나자 다시 부라더미싱 여자가 경수를 부르더니 맥주를 더 사오게 했다. 얼마쯤 시간이 지나자 다시 부라더미싱 여자가 경수를 부르더니 자기네 가게

문을 닫고 오라며 열쇠를 던져 주었다. 경수가 부라더미싱 여자를 싫어하는 진짜 이유를 알 것 같았다.

내가 빠지자 고스톱을 치는 속도가 엄청나게 빨라졌다. 눈으로 보면서도 누가 뭘 가져가고 뭘 내놓는지 따라갈 수가 없었다. 순식간에 한 바퀴가 돌았다. 판돈도 높아졌다. 담요 위에 지폐가 쌓이기 시작했다. 여자들은 마치 고스톱의 장인들 같았다. 눈으로 좇아가기도 벅찰 정도의 속도로 고스톱을 치면서 중간 중간 맥주를 마시고, 오징어 다리를 씹고, 시장 상인들의 험담을 주고받았다. 가령 이런 내용들이었다. 큰웃음마트의 남자는 전날 밤 술에 취해 시장바닥에서 잠이 들었고, 빛나조명의 부부는 밤새 조명을 하얗게 밝혀 놓고 부부싸움을 했고, 어느 원단가게의 누구는 성질이 더러워서 툭하면 말보다 가위 든 손이 먼저 나가고, 먹을거리를 파는 어느 리어카의 누구는 썩은 멸치 대가리로 국수 육수를 우려냈다. 그런가 하면 누구네 집 자식은 이혼을 했고, 누구네 집 자식은 학교에서 쫓겨났고, 또 누구네 집 자식은 회사에서 쫓겨났다.

나는 그녀들의 현란한 말솜씨에 정신을 놓고 있다가 가까스로 탄알 하나를 챙겼다.

제 이의 탄알, 도박 그리고 험담.

나는 아홉 시쯤 자리에서 일어났다. 그때까지도 고스톱은 끝나지 않았고, 여자들은 앉은자리에서 잘 가라고 건성으로 말했다. 경수와 함께 집으로 갈 생각이었으나 사장의 고스톱이 끝나지 않았으므로 직원들은 퇴근할 수 없었다. 국제상사를 나서는 나를 경수가 쓸쓸한 얼굴로 배웅했다.

성과는 나쁘지 않았다. 집으로 돌아가는 발걸음이 한결 가벼워져 있었다. 몇 시간 관찰한 것만으로도 국제상사 여자가 힘없고 가난한 양말 장수를 어떻게 대했을지 상상하는 것은 어렵지 않았다. 아버지가 엄마 얘기를 꺼냈을 때 더 적극적으로 호응해 주지 않은 것을 후회할 지경이었다.

집으로 돌아오자 아버지는 텔레비전 앞에 누운 채 졸고 있었다. 부엌에는 라면 끓여 먹은 냄비가 뒹굴고 있었고, 상 위에는 김치 담은 그릇 하나만 달랑 놓여 있었다. 측은지심이 막 몽글몽글 피어오르려는데 잠에서 깬 아버지가 말했다.

"애비 밥도 안 주고 어딜 갔다 오는 거냐?"

그 순간 맺히려던 측은지심이 거짓말처럼 사라졌다. 대신, 하루 종일 고생한 게 누구 때문인데, 하는 생각이 그 자리를 차지했다. 내게서 나가는 목소리가 퉁명스러울 수밖에 없었다.

"밥솥에 밥 있고 냉장고에 반찬 있잖아요."

그런 다음 재빨리 아버지의 대답을 가로챘다.

"손이 없다고요? 오른손은 머리 밑에서 꺼내고 왼손은 리모컨을 놓으세요."

나의 거친 반격에 아버지는 눈만 동그랗게 뜰 뿐 아무런 말도 하지 못했다. 놀란 것 같았다. 그러나 곧 평소의 모습으로 돌아와 볼멘소리를 냈다.

"누가 손이 없대냐? 혼자 먹기 싫어서 그러지."

"싫어도 어쩔 수 없는 때라는 게 있어요."

"누가 모르냐?"

"알면서 왜 그러세요?"

"오늘 무슨 일 있었니? 혹시 학원에서 잘렸냐?"

아버지가 텔레비전에서 눈을 들어 나를 쳐다보았다. 그것은 아버지가 뭔가를 요구할 때를 제외하고는 백만 년 만에 한 번 있을까 말까 한 일이었다. 그러나 내가 대답을 않자 금방 원래의 무관심으로 돌아갔다. 나는 한숨을 쉬며 식탁 의자에 앉았고, 오랫동안 아버지를 건너다보았다.

이후 한동안 국제상사를 찾지 못했다. 명목상이긴 하지만 수강생들의 작품 발표회가 있어서 작품 준비를 도와야 했다. 재봉틀에 서툰 몇몇 수강생들의 경우에는 시범이랍시고 내가 옷을 다 만들어 주기도 했다. 강의실 밖에서 원장이 흐뭇

한 표정으로 그런 나를 지켜보았다.

내가 다시 국제상사를 찾았을 때 예닐곱 명의 사람들이 가게 앞에 모여 소리를 지르고 있었다. 경수도 그 속에 끼어 소리를 지르느라 내가 와도 오는 줄을 몰랐다. 나는 사람들의 어깨 너머로 슬그머니 고개를 들이밀었다. 처음에는 아무것도 보이지 않았다. 사람들이 왜 아무것도 없는 맨땅을 향해 소리를 지르는지 이해할 수 없었다. 그러다 국제상사 여자를 발견했다. 그녀의 손에 들린 실도 보았다. 그녀는 다른 사람들처럼 흥분하거나 소리를 지르지 않았다. 무표정한, 혹은 약간 비웃는 표정으로 의자에 앉아 간혹 손에 쥔 줄을 느슨하게 풀기만 할 뿐이었다. 이게 도대체 무슨 상황이지?

가만히 보니 모여 선 사람들 모두가 소리를 지르는 것은 아니었다. 반쯤은 소리를 지르고 나머지 반쯤은 긴장한 표정으로 입을 다물고 있었다. 내 눈은 국제상사 여자의 손에 쥐어진 줄을 따라갔다. 그 줄 끝에 매달린 것은…… 놀랍게도 사마귀였다. 사마귀? 사마귀가 왜 풀숲에 안 있고 여기 있지? 그 순간 나는 깨달았다. 사마귀는 목숨을 걸고 국제상사에서 부라더미싱 쪽으로 길을 횡단하고 있었다. 아니, 다리가 줄에 묶인 채 사람들의 고함 소리에 쫓겨 길을 횡단하도록 강요받고 있었다. 길 위에는 무수한 위험 요소가 있었다.

행인들의 발이 있었고, 커피를 파는 밀차가 있었고, 그 밀차에서 버리는 한 컵의 물이 있었고, 짐을 싣고 지나가는 자전거와 오토바이가 있었다. 그랬으므로 사마귀는 쪼르르 달리다 머리를 까딱까딱 흔들며 쉬고 또 쪼르르 달리다 쉬기를 반복했다. 기껏 잘 갔다가도 자전거나 오토바이가 지나갈 때마다 바람에 날려 옆으로, 혹은 뒤로 밀려나기 일쑤였다. 사마귀가 넘어지거나 숨을 고르며 멈칫거릴 때마다 마치 링 위의 권투 선수에게 하듯이 사람들이 소리를 질러 댔다. 그러면 사마귀는 깜짝 놀라 멈췄던 발걸음을 재촉했다.

마침내 목적지를 두 뼘가량 남겨 두었을 때였다. 횡단 성공을 기원하는 사람들이 환호성을 터뜨리기 직전이었다. 어디선가 원단을 실은 자전거가 나타나더니 마지막 숨을 고르고 있던 사마귀를 지그시 누르고 지나갔다. 순식간에 벌어진 일이었다. 자전거는 멈춤 없이 앞으로 달려 나갔고, 바닥에 남은 것이라고는 푸른빛이 도는 진물뿐이었다. 그리고 실에 묶인 다리 한쪽. 사람들 사이에서 실망의 탄식이 터졌다. 에이, 거의 다 가서 이게 뭐야. 이러니 바퀴 달린 건 통행 제한을 해야 한다니까, 공정한 게임이 안 되잖아. 어째 한 번을 성공 못 해그래.

"자, 자, 얼른들 줘요."

국제상사 여자가 말했다. 그러자 내기에서 진 사람들이 만 원짜리 몇 장씩을 꺼내더니 그녀에게 건넸다. 그녀는 그렇게 모아진 돈을 내기에서 이긴 사람들에게 나눠 주고 남은 것은 자신이 가졌다. 마지막으로 그녀에게서 돈을 건네받던 경수는 나와 눈이 마주치자 흠칫 놀라더니 곧 겸연쩍게 웃었다.

"오해하지 마."

경수가 속삭이듯 말했다.

"사장님이 귀띔해 줘서 실패 쪽에 걸긴 했지만 나도 사마귀가 성공하기를 응원했다고. 저렇게 죽을 줄 알았나, 뭐."

그래도 내 표정은 풀리지 않았다. 경수는 슬그머니 지폐를 주머니에 넣더니 중얼거렸다.

"장사가 안 되니 참 별일이 다 있네."

그러고는 국제상사 안으로 쏙 들어가 버렸다. 나는 그 자리에서 탄알 하나를 장전했다.

제 삼의 탄알, 생명 경시—사마귀의 목숨을 건 시장통 횡단 사주.

비록 탄알을 장전하기는 했지만 마음은 개운하지 않았다. 경수 때문이었다. 하필 경수가. 어쩌자고 경수가.

그날 밤이었다. 경수는 집에 오자마자 듣는 사람이 있거나 말거나 큰 소리로 국제상사 여자를 흉보기 시작했다. 아버지는 마루에서 졸고 있었고 나는 내 방에서 밥상보를 만들고 있었다. 당연히 대꾸하는 사람은 없었다. 그럼에도 경수는 마루와 부엌을 왔다 갔다 하며 계속 떠들었다.

"그 아줌마, 이상한 게 한두 가지가 아냐. 이번에는 어디 산에 갔다가 사마귀를 잡아 왔데. 한참 구경을 시켜 주더니 사람들을 모아 놓고 돈을 걸라는 거야. 사마귀가 무사히 길을 건널까 못 건널까. 완전 흥정의 대가야. 누가 장사꾼 아니랄까 봐 말발이 장난 아니라고. 처음에는 심드렁해하던 사람들도 그 아줌마가 몇 마디 하니까 다들 기대에 부풀어서는 내기에 참여하는 거야. 돈 한 푼 없다고 징징거리던 사람들이."

부러 들으라고 하는 말인 줄 알면서도 나는 듣는 내색을 하지 않았다. 경수는 안 보는 척하면서 쩜쩜이 나를 흘깃거렸다.

"더 웃기는 건, 그런 일이 한두 번이 아니라는 거지. 자전거 바퀴에 깔려 죽은 사마귀가 수십 마리래. 행인들 신발바닥에 밟혀 죽은 사마귀도 수십 마리고. 내기만 했다 하면 대개는 그 아줌마가 이기는데, 정말 웃기는 건 내기에 진 사람들이 다시는 안 한다고 화를 내며 돌아갔다가도 며칠 지나면 또 그 아줌마 꼬임에 넘어간다는 거야. 정말 붕어 같은 인간들이라니까."

"붕어 기억력 그렇게 안 나쁘대. 삼 개월 정도까지는 기억한다니까 너보다 좋은 거야."

나는 마지못해 한마디 쏘아 주었다.

"말이 그렇다는 거지."

내게서 반응을 이끌어 내는 데 성공한 경수의 목소리가 한결 밝아졌다. 나는 마지막으로 다짐을 두었다.

"너는 붕어보다 못한 인간이 되진 마라."

"붕어가 뭐 어쨌다고?"

부스럭거리며 아버지가 일어나더니 물었다. 욕실로 들어가려던 경수는 난처한 얼굴로 나를 돌아보았다. 도와 달라는 뜻이었지만 내가 무슨 말을 하기도 전에 아버지가 이어서 말했다.

"사마귀가 죽어? 남의 사마귀 걱정할 시간에 우리 집 나무들이나 좀 살펴봐라. 뜯어 먹을 것도 없는 비쩍 마른 나무에 웬 날벌레가 저렇게 꼬이냐. 붕어가 하든지 사마귀가 하든지 며칠 안에 약 안 치면 확 다 베어 버릴 거야."

할 말을 다 했다는 듯 홀가분한 얼굴로 아버지는 다시 자리에 누웠다. 경수는 나를 돌아보며 눈을 찡긋하더니 욕실로 들어갔다. 욕실에서는 한참 동안 휘파람 소리가 새어 나왔다.

리볼버

 칠월 중순부터 아버지는 일요일마다 산에 다니기 시작했다. 비록 경수가, 그 아줌마 산악회 회원이래요, 일요일마다 산에 간대요, 하고 말하기는 했지만 아버지가 정말 국제상사 여자를 따라 산악회에 가입하고 일요일마다 새벽같이 일어나 산에 다니리라고는 생각하지 못했다. 게으른 아버지가 새벽에 일어난다는 것도 신기했지만 더 놀라운 것은 마루에 드러누워 텔레비전이나 보던 그 체력으로 일요일마다 산을 오른다는 것이었다.

 체력 훈련이랍시고 비를 맞으며 산을 찾았던 그날, 우리는 채 이십 분도 오르지 못하고 내려와야 했다. 물론 아버지 때문이었다. 몇 걸음 걷다 쉬고 다시 몇 걸음 걷다 쉬기를 거듭하다가 결국 바닥에 주저앉아 버렸던 것이다. 그것은 체력 훈련이 아니라 차라리 자기 학대에 가까웠다. 운동을 전혀 하지 않는 오십 대 후반이니 이해는 하면서도 체력 훈련을 먼저 제안한 사람이 아버지임을 감안한다면 참으로 어이없는 결과였다. 아버지는 젖은 바위 위에 앉아 미안한 기색도 없이 말했다.

"난 안 되겠다. 너 혼자 갈래?"

나는 당연히 싫다고 했고 그러자 아버지가 제안했다.

"그럼 같이 내려가서 막걸리나 마시자. 비 오는 날에는 따끈한 두부에 막걸리가 제격이지."

그런 전력이 있던 터라 나는 아버지가 정말 산행을 하는지 의문이 들었다. 그래서 처음 몇 번은 세세한 것까지 산행 경로를 캐물어 보았다. 그러면 아버지는 마치 애완동물 데리고 놀듯 엉뚱한 소리를 늘어놓기 일쑤였다. 가령 이런 식이었다. '산은 어디로 가셨어요?' 묻는 내 말에 아버지는, 그 여자는 날 기억 못 하는 눈치더라, 했고, '절 같은 건 없었어요?' 물으면 여자들이 다들 나만 본다, 말하며 넌지시 웃었고, '정상까지 가기는 한 거예요?' 물으면 아직 단풍이 멀었더라, 했다. 한여름에 무슨 단풍이에요, 하고 말해 봐도 움찔하는 기색조차 없었다. 세 번째 산행을 마치고 왔을 때 급기야 내가, 아버지 그러다 정분나겠어요, 하고 놀려도 무반응으로 일관했다.

그랬음에도 나는 등산화 밑창의 흙이라든가 주머니 속의 나뭇잎 따위로 점차 아버지의 산행을 확신하게 되었다. 아버지는 정말 칠월 중순부터 일요일마다 산에 올랐다. 하지만 왜?

"그 일…… 산에서 해결하려는 거 아닐까?"

경수가 의견을 내놓았다. 나도 그 생각을 안 한 게 아니었다.

"하지만 보는 눈이 많을 텐데?"

"어디는 뭐, 보는 눈이 없나? 그나마 산에서는 사고사로 꾸밀 여지가 많잖아."

"그럼 죽……이기라도 한다는 거야?"

내가 목소리를 낮추자 경수도 덩달아 소곤거렸다.

"그럼 아냐?"

"설마."

"아버지 오면 물어보자."

"네가 물어봐."

"싫어. 누나가 물어봐."

그런 뒤 경수는 재빨리 마스크를 고쳐 쓰더니 분무기로 대추나무에다 약을 뿌려 댔다. 어쩔 수 없이 나는 입을 다물었다. 경수에게 떠넘겨야 하는데, 그러나 기회는 살충제 방울을 타고 사방으로 흩어졌다.

나는 입을 꼭 다물고 호미 쥔 손에 힘을 주었다. 잡초는 아무리 뽑아내도 또 금방 자라났다. 패션학교의 여름방학은 일주일이었다. 나는 벌써 사흘째 마당의 잡초를 뽑아내고 있었지만 아직도 거뭇한 곳보다 푸릇한 곳이 더 많았다. 잡초를 다 뽑아낸다고 해도 그 상태가 며칠이나 갈지도 의문이었다. 약 치는 일이 한 번으로 끝나지 않는 것처럼. 그런데 작년에도 나무에다 약을 치고 마당의 잡초를 뽑았던가? 기억나지는 않았지만 어째 해가 갈수록 벌레와 잡초가 기승을 부린다는 느낌이 들었다. 집이 점점 낡아 가기 때문인지도 몰랐다. 비가 새지도 않고 어디 한 군데 무너진 벽도 없었지만 집은 존재 그 자체로 쇠락한 분위기를 물씬 풍겼다. 죽음을 눈앞에 둔 간암 환자의 얼굴이랄까. 나는 잡초를 뽑다 말고 거무튀튀한 집을 오래 바라보았다.

퇴근해서 돌아온 아버지는 눈을 동그랗게 떴다. 집 안을 둘러보고 마루에 선 경수를 돌아보더니 결국 부엌에 있는 내게 물었다.

"웬 고기 굽는 냄새냐?"

"저녁에 술 한잔하려고요."

내가 대답하자 아버지는 한층 더 미심쩍다는 표정을 지었다. 무슨 바람이 불어서? 묻는 목소리에 의심이 그대로 묻어났다.

"오랜만에 다 모였잖아요."

"누가? 우리? 아침저녁으로 보는 얼굴인데 오랜만은 무슨."

아버지가 툴툴거리며 욕실로 들어간 사이 경수와 나는 상을 차렸다. 내가 그릇에다 반찬을 담아 놓으면 경수는 그걸 상으로 날랐다. 누나가 물어봐, 내게 떠민 뒤부터 경수는 고분고분 시키는 대로 말을 잘 들었다.

상을 앞에 두고 셋이 둘러앉았을 때 나는 아버지에게 요즘 스트레스 받는 일은 없느냐고 물었다. 본론으로 들어가기에는 아직 마음의 준비가 되지 않았고, 게다가 가족끼리 둘러앉은 저녁상 앞에서 대뜸 '그런 걸' 묻기가 꺼림칙해서였다. 무뚝뚝한 얼굴로 아버지가 대답했다.

"산다는 것 자체가 스트레스지."

"요즘은 젊은 사장이 안 괴롭혀요?"

"그놈이 가게에 나타나는 것 자체가 괴롭히는 거다."
"다들 불황이라고 죽는 소린데 거긴 괜찮나 봐요?"
"다들 불황이라고 죽는 소린데 우리라고 괜찮을 리가 있겠냐."

나는 아버지 잔에 술을 따랐다. 그런 뒤에는 경수와 내 잔에도 술을 따랐다. 건배를 제안하려다가 아버지가 먼저 마셔버리는 바람에 머쓱해져서 그만두었다. 아버지는 늘 그런 식이었다. 조금 전의 대화만 해도 그랬다. 우리가 아무것도 궁금해하지 않을 때는, 심지어 다른 일에 몰두하고 있을 때도, 집에서 뒹굴던 구두를 한 뭉치씩 가져와 수선을 요구한다는 둥 디자인이 구리니 어쩌니 하면서 사사건건 트집을 잡는다는 둥 젊은 사장의 만행을 고해바치다가도 어쩌다 우리가 진지하게 물으면 마치 선문답이라도 하듯 손안의 물처럼 빠져나가 버렸다. 그래서 아버지와 대화를 나누다 보면 늘 맥이 빠졌다.

우리는 한동안 묵묵히 술을 마시고 삼겹살을 씹었다. 그 와중에도 경수는 슬쩍슬쩍 내 눈치를 살폈다.

"지난번 구두는 제법 멋지던데요. 점점 솜씨가 느시는 것 같아요."

내가 말하자 경수도 얼른 끼어들었다.

"당연하지. 아빠도 진작 장인의 반열에 올라섰는데."

지난번 구두란 아버지가 내게 만들어 준 지퍼 달린 부츠를 뜻했다. 평생 남성 수제화만 만들던 아버지는 무슨 생각에서인지 얼마 전부터는 여성 수제화로까지 영역을 넓히고 있었다. 아버지가 처음으로 만든 여성 구두는 하이힐이었다. 어떤지 한번 신어 봐라, 하고 내민 구두는 처음 만든 솜씨답게 과연 발이 편하지 않았다. 어디가 잘못됐다고 꼭 집어 말할 수는 없었지만 그 구두를 신고 걸으면 마치 축구공 위에 올라선 듯 불안했다. 그러나 두 번째로 가져온 부츠는 다소 투박해 보이기는 해도 내 발에 꼭 맞았고 안정감도 있었다. 안타까운 점이라면 그때 이미 날씨가 초여름으로 접어들고 있어서 한 번도 그 부츠를 신고 밖에 나가 본 적이 없다는 것이었다.

"조만간 하나 더 가져오마."

술잔을 비우며 아버지가 말했다.

"이번에는 뭐예요?"

"하이힐을 다시 만들어 봤다. 아무래도 그게 제일 잘 나가니까."

"아빠, 내 건요?"

기대에 부푼 얼굴로 경수가 물었다.

"너 돈 많냐? 돈 내놓으면 만들어 주마."

"누나는 공짜로 만들어 주잖아요."

"고기나 처먹어라."

나는 경수를 위해 삼겹살을 더 구워 왔다. 점점 결전의 시간이 다가오고 있었다. 늦지도 빠르지도 않은 적정한 시간. 그것은 아버지가 자신의 주량인 소주 반병을 마셨을 때였다. 어느새 아버지는 마지막 한 잔을 남겨 두고 있었다. 내가 마당의 잡초를 다 뽑아냈다고, 경수가 나무들에 약을 다 쳤다고 자랑하는 사이 아버지는 그 마지막 한 잔을 홀짝 마셨다. 경수는 헛기침을 했고 나는 심호흡을 했다.

"물어볼 게 있어요. 아버지가 산에 다니는 건 혹시라도…… 그 여자를……."

"뒤에서 떠밀려고 그러는 거냐고?"

다행히도 아버지는 내가 차마 입 밖으로 내놓지 못하고 망설이던 말을 대신 했다. 덕분에 나는 고개를 끄덕이는 것으로 질문을 마칠 수 있었다.

"그런 치사한 방법은 안 쓴다."

"그럼요?"

자리에서 일어난 아버지는 방으로 들어가더니 뭔가를 꺼내 왔다.

"내겐 이게 있지."

아버지 손에 들린 물건을 보고 먼저 반응을 보인 것은 경수였다. '총이잖아요!' 하는 경수의 목소리에는 놀람과 흥분, 의아함과 호기심이 뒤섞여 있었다.

"그래, 리볼버라는 거다. 멋지지 않냐?"

아버지는 총을 쓰다듬으며 자랑스러운 얼굴로 말했다. 그러나 내가 자세히 보려고 고개를 내밀자 얼른 등 뒤로 손을 감춰 버렸다. 아버지의 행동은 의심스럽기 짝이 없었다. 나는 눈을 가늘게 뜨고 물었다.

"장난감 총 아니에요?"

"이게 장난감 총처럼 보이니?"

아버지는 당황하기는커녕 불쾌한 표정을 지어 보였다. 그래도 나는 믿을 수 없었다. 영화가 아닌 현실에서 총을 보는 건 처음이었다. 미국도 아닌 한국에서, 아버지처럼 평범한 사람이 진짜 총을 구할 수 있다는 말도 들어 보지 못했다. 사제 총이라면 뉴스에서 가끔 봤지만 리볼버는 어쩐지 비현실적이었다. 내가 계속 미심쩍은 얼굴로 등 뒤를 흘끔거리자 아버지가 쏘아붙였다.

"진짠지 아닌지 한번 맞아 볼래?"

"싫어요."

리볼버

"왜, 장난감 총이라며?"

"장난감이든 아니든 총에 맞는다는 건 기분 나빠요. 경수 네 생각은 어때? 넌 군대도 갔다 왔잖아."

"잠깐 보고는 모르지."

경수의 눈은 여전히 호기심으로 번들거리고 있었다. 소주 잔을 홀짝 비우더니 경수가 말했다.

"난 저게 진짜 총이었으면 좋겠어."

"왜?"

내가 물었다.

"멋있잖아."

"이걸 어디서 구했을 것 같냐?"

이번에는 아버지가 물었다.

"모르죠."

내가 대답했다.

"어디서 구했어요?"

경수가 물었다.

"이 씨 친구의 아는 사람의 형의 아는 사람을 통하면 살 수 있다더라. 그래서 그렇게 했더니 정말 내 손으로 들어오더라."

"이 씨 친구의 아는 사람의 뭐요?"

경수가 물었다. 답답해진 내가 얼른 대답해 주었다.

"이 씨 친구의 아는 사람의 형의 아는 사람이라잖아. 그 사람이 누군지는 몰라도 아버지가 그렇게 쉽게 총을 구한다고요? 말도 안 돼요."

"그런데 이 씨가 누구야? 누나는 알아?"

나는 알고 있었다. 이씨 아저씨는 아버지의 직장 동료이자 몇 안 되는 친구 중 한 사람이었다. 직장 동료라고는 했지만 아버지보다 오 년쯤 늦게 구둣가게에 들어왔고, 친구라고는 했지만 아버지보다 세 살이나 어렸다. 사람 사귀기를 즐기지 않고 성격마저 외골수인 아버지는 그나마 이씨 아저씨와 마음을 터놓고 지내는지 집에 돌아와서도 가끔 이씨 아저씨 얘기를 하고는 했다. 몇 년 전 아저씨의 딸이 자살하고 며칠이 지났을 때 아버지는 이틀씩이나 외박을 했다. 평생 외박이라고는 모르던 아버지였으므로 놀라지 않을 수 없었다. 이틀 동안 어디에 갔었느냐 물으니 아무 데도 가지 않았다고 했다.

"그럼요?"

잠시 딴전을 피우던 아버지는 술 마시는 이씨 아저씨 앞에 그냥 앉아 있어 주었다고 대답했다.

"이씨 아저씨 집에 있었어요?"

"아니. 집에서는 차마 못 마시겠다고 여관을 잡아 놓고 마시더라. 혼자서. 그래서 그냥 그 앞에 앉아 있어 주었다."

또 언젠가는 내게 앞치마 하나를 만들어 달라고 한 적이 있었다. 앞치마는 뭐 하게요, 물었더니 아버지가 대답했다.

"이 씨 주려고. 오늘 이 씨가 망치질을 하다 손가락을 찧었다. 피가 옷에 튀었는데 그걸 보고 너무 끔찍해하더라. 앞치마를 두르고 있으면 옷에 피가 묻지는 않을 거 아니냐."

내가 이씨 아저씨에 대해 설명하자 그제야 경수도 기억난다는 듯 고개를 끄덕였다. 하지만 이씨 아저씨가 누군지 알았다고 해서 문제가 해결되는 건 아니었다. 아니, 누군지 알았기 때문에 더더욱 의심이 들었다. 내가 아는 한, 이씨 아저씨는 총과는 거리가 먼 사람이었다. 총을 쉽게 구할 수 있는 사람과 연결되어 있다는 것도 믿기지 않았다. 이씨 아저씨는 겁과 걱정이 동시에 많은 사람이었고 무엇보다 불법과는 어울리지 않는 부류였다. 그런 사람이……. 유유상종이라 하지 않았던가. 내가 그런 속내를 내비치자 아버지가 말했다.

"다 방법이 있다. 너도 인생을 좀 더 살아 보면 알 거다."

경수가 총을 한 번 더 보여 달라고 졸랐지만 아버지는 끝까지 등 뒤에 손을 감추고 있었다. 그러면서 다 방법이 있다는 애매모호한 말만 했다.

"돈은 어디서 났어요?"

문득 생각나서 내가 물었다.

"별로 안 비싸더라. 그동안 모아 놓은 돈 좀 썼다."

모아 놓은 돈도 있었어요? 물었지만 아버지는 대답 없이 방으로 들어가더니 잠시 후에 빈손으로 나왔다. 어디다 총을 숨겨 놓은 모양이었다. 경수가 지치지도 않고 어디다 숨겼는지 알려 달라고 졸랐지만 아버지는 곧장 취침 모드로 빠져들었다. 말하자면 텔레비전을 켜고 왼손에 리모컨을 쥔 채 모로 누워 눈을 감는 것. 뒤늦게 내가, 그럼 산에는 왜 다니는 거예요, 하고 물어봐도 묵묵부답인 상태. 끝내 총을 만져 보지 못한 경수가, 그럴 돈 있으면 에어컨이나 사지, 하고 투덜거려 봐도 지나가는 개가 짖는구나 비웃고 마는 달관의 경지.

양말 장수 엄마의 삶은 어땠을까. 비교적 뚜렷하게 기억나는 엄마의 모습은 이런 것이었다. 웅크리고 누운 모습이 보기 싫어 엄마 바로 누워 자, 흔들어 깨우면 잠시 몸을 폈다가도 또 금방 끙끙 소리를 내며 새우잠을 자던 엄마. 양말 장수 생활 초기, 숫기가 없어 양말 사라고 외치지는 못하고 지나는 행인들만 망연히 쳐다보며 서 있던 엄마. 밤늦은 시간, 전대 속의 지폐를 꺼내 하나씩 정성껏 세던 엄마. 이건 뭘 사고, 이건 뭘 사고, 그러다 휴, 한숨 소리.

양말 장사를 하기 전 엄마는 몇 년 동안 양말 공장에 다녔다. 그래서 집에는 늘 경수와 나뿐이었고 엄마는 해가 진 뒤에야 돌아왔다. 엄마가 '저녁 안 먹었지?' 물으면 경수와 나는 네, 대답하며 냉큼 상 앞으로 달려가 앉았다. 우리는 학교에서 돌아오자마자 밥공기 하나씩 뚝딱 해치웠음에도 엄마가 끓여 주는 된장찌개로 다시 달게 저녁을 먹었다. 아무리 배가 고파서라고는 하지만 우리끼리 먼저 저녁을 먹었다는 걸 알면 엄마가 서운해할 것 같아서였다. 밥솥에는 언제나 밥이 그득해서 우리는 표정 하나 변하지 않고 시침을 뚝 뗐다. 지금 생각해 보면 밥이 줄었다는 걸 엄마가 몰랐을 리 없었다. 그런데도 엄마는 아무런 내색 없이 찌개를 끓이고 생선을 구웠다. 노릇노릇 구워진 생선살을 발라 먹으며 경수와 나는 오늘도 엄마를 속여 넘겼다며 쾌재를 불렀다. 내가 초등학교 삼사 학년 무렵의 일이었다. 어쨌거나 그 시기, 하루에 저녁을 두 번씩 먹어서 그런지 엄마가 집에 없어도 우리는 쑥쑥 잘 자라났다.

양말 공장에서 양말 도사가 된 엄마는 당연한 수순처럼 양말 장수가 되었다. 아버지 말에 의하면 엄마는 이제 자영업자, 즉 사장님이었다. 사장님이 된 엄마는 전보다 더 바빠졌고, 전보다 더 늦은 시간에 돌아왔다. 덕분에 경수와 나의 위는 정상궤도를 찾았지만 엄마와의 저녁 시간을 잃어버린 것은 못내 섭섭했다.

양말 리어카 사장님이 된 엄마는 저녁마다 된장찌개를 끓이고 생선을 굽는 대신 밤마다 지폐를 세고 미래를 계획했다. 그때 계획한 미래 중 하나가 바로 집이었다. 엄마의 꿈은 마당 딸린 집을 갖는 것이었다.

"사람이란 자고로 맘 편히 몸 누일 수 있는 자기 집이 있어야 한다."

엄마는 때때로 말하고는 했다. 그것을 갖기 위해 아침부터 밤까지 양말을 팔고, 국제상사 여자의 괴롭힘을 인내하고, 규칙적이고 질 좋은 식사를 반납했다. 가족과의 화목한 시간 역시 양보했다. 그리고 마침내 꿈을 이루었다. 사글셋방에서 전셋집으로, 다시 이런저런 전셋집을 전전하던 엄마는 늦게나마 평생의 소원대로 마당 딸린 집을 가졌다. 깨진 시멘트를 걷어 낸 마당에 대추나무를 심고 감나무를 심고 석류나무를 심었다. 지어진 지 십일 년 된 집을 쓸고 닦고 또 쓸고 닦았다.

서른 살의 여름날 아침, 문득 이런 생각이 들었다.
그런데 살아오는 동안 엄마는, 행복했을까.

"누나도 한잔해."

잔을 내밀며 국제상사 여자가 말했다. 시장통 입구, 돼지족이며 순대, 곱창, 잡채 따위를 수북이 쌓아 놓고 파는 포장마차 앞이었다. 나는 국제상사로 가던 길이었고, 포장마차에서 술을 마시던 여자가 용케 알아보고 나를 불렀다. 그녀의 걸쭉한 목소리, '누나!'를 듣는 순간 나는 그 자리에 얼어붙듯 멈춰 섰다.

"오늘은 무슨 일이야? 또 사촌동생 만나러 왔어?"

내 잔에 소주를 따르며 그녀가 물었다. 나는 즉각 준비된 대답을 내놓았다.

"아뇨. 천도 좀 뜨고 단추랑 지퍼 같은 것들도 사려고요."

경수를 핑계 대지 않더라도 이곳을 지날 이유는 얼마든지 있었다. 이곳에는 내가 필요로 하는 작업 재료들이 다 있었고, 나로서는 이전의 단골 가게를 버리고 이곳으로 건너오기만 하면 되었다. 내 직업이 이럴 때는 쓸모가 있었다. 그녀가 고개를 끄덕였다.

"부라더미싱이 오기로 했는데 늦네. 여편네 올 때까지 안 됐지만 누나가 앉아 있어 줘야겠어. 혼자 마시려니 영 심심해서."

나는 그러겠다고 했다. 심심할 뿐만 아니라 민망하기도 할 것 같았다. 포장마차에 포장이 없어서 눈앞으로, 등 뒤로 사람들이 바삐 오가는 모습이 다 보였다. 자전거와 오토바이도 경적을 울리며 쉴 새 없이 지나다녔다. 그 생업의 길 한가운데 국제상사 여자 혼자 오롯이 앉아 술잔을 기울이고 있었다. 오후 서너 시 무렵, 당연한 말이지만 다른 술꾼은 보이지 않았다. 옆의 포장마차에도, 그 옆의 포장마차에도 순대나 국수를 먹고 일어서는 손님뿐 소주잔을 기울이는 술꾼은 없었다. 그런데 왜 대낮부터 술을 마시고 있는 걸까? 가게는?

"누나 동생이 알아서 할 거야. 제법 똑똑한 친구더라고. 가게는 그쪽에 맡기고 우리는 술이나 마셔."

아하, 그래서 경수가. 어쩐지 경수가, 이렇게 신임을 받고 있다는 얘기는 차마 못 하고 실업률 어쩌고 헛소리를 지껄였구나.

어젯밤이었다. 퇴근해서 돌아온 경수를 아버지가 마루로 불러 앉혔다. 꽤 늦은 시간이었지만 일부러 자지 않고 경수를 기다린 듯했다. 그때 나는 내 방에서 다음 날 수업에 견본으로 쓸 부직포 블라우스를 마름질하고 있었다. 그렇지만 아버지의 목소리는 내 귀에까지 잘 들렸다.

"이제 거기서 일하는 거 그만둬도 된다. 그동안 많이 불편했겠다. 네 할 일은 다 했어."

나도 같은 생각이었다. '네 할 일'을 다 하지는 못했지만 경수가 계속 국제상사에서 일하는 건 반대였다. 그 여자가 함부로 부리는 직원이라는 것도 마음에 들지 않았지만 무엇보다 곧 닥칠 미래를 생각한다면 하루빨리 빠져나와야 했다. 그 정도는 충분히 알 거라고 생각했는데 그러나 경수의 대답이 의외였다.

"계속 다닐래요."

잘못 들었다고 생각했다. 마름질을 멈추고 마루로 나갔다. 아버지가 어이없다는 표정으로 경수를 쳐다보고 있었다. 잘못 들은 게 아니었다. 나는 경수가 어떤 대접을 받으며 일하는지 지켜보았다. 아버지 때문에 마지못해 일한다고 생각했다. 그래서 안쓰러운 마음도 있었다. 그런데 계속 다니겠다고? 도대체 왜? 경수는 아버지와 내 눈치를 보며 더듬더듬 말을 내놓았다.

"요즘 취직하기도 어렵고…… 또 그새 일이 몸에 익어서…… 지금 그만두기 아깝잖아."

"아깝긴 뭐가 아까워? 그딴 일 한 시간이면 익힐 텐데."

"취직이 어렵다고? 네가 대기업에 다니냐 중소기업에 다니냐. 이 가게 저 가게 사람 못 구해서 난리다."

아버지와 내가 번갈아 핀잔을 주었지만 그래도 경수는 의지를 굽히지 않았다. 자리에서 일어나더니 잽싸게 욕실로 들어가며 말했다.

"조금 더 다녀 보고요."

포장마차 주인이 서비스라며 잡채 한 접시를 내놓았다. 나는 고맙다고 말했다. 국제상사 여자는 고개만 끄덕였다. 내가 물었다.

"여기 자주 오시나 봐요?"

"뭐, 가끔."

그녀는 우울해 보였다. 평소의 거침없고 당당한 모습은 찾아볼 수 없었다. 좋아하는 수다도 떨지 않고 조용히 술만 마셨다. 소주 한 병이 금방 바닥났다. 포장마차 주인이 한 병을 더 내려놓았을 때 그녀가 부스럭거리며 주머니를 뒤지더니 뭔가를 꺼냈다.

"이게 뭔지 알아?"

나는 그녀가 손에 쥔 것을 바라보았다. 언뜻 보이는 것은 기다란 코와 만삭의 배였다. 그때 생각나는 단어가 있었고, 나는 조심스럽게 말했다.

"오뚝이…… 아닌가요?"

"이게 오뚝이로 보여?"

그녀가 되물었다.

"그 코만 아니라면 딱 오뚝이 같은데요. 앞으로 쓰러지면 코로 바닥을 짚고 일어나라고 일부러 길게 만든 거 아닐까요?"

"누나는 뉴질랜드 가봤어?"

내 대답에는 반응 없이 건조한 얼굴로 그녀가 다시 물었다.

"아뇨."

언젠가 텔레비전에서 뉴질랜드를 본 적이 있었다. 여행 전문가의 밀퍼드사운드 트래킹 취재기였다. 마당에서 빨래를 걷어 마루로 오르던 나는 우연히 아버지가 켜놓은 텔레비전으로 시선을 돌렸고, 그 자리에 주저앉아 프로그램이 끝날 때까지 넋을 놓고 보았다. 딱딱하게 언 빨래를 한 아름 끌어안고 있었지만 차가운 줄도 몰랐다. 그때부터 나는 밀퍼드사운드 트래킹을 꿈꾸기 시작했다. 나에게 뉴질랜드는 곧 밀퍼드사운드 트래킹이었고, 아직 이루지 못한 꿈으로 남아 있었다. 그래서 뉴질랜드란 말만 들어도 가슴이 따끔하게 아파 왔다.

"이게 뉴질랜드의 국조 키위라는 새야. 이건 코가 아니고 부리. 누나도 참 눈썰미가 없네."

이게 새라고요? 놀라는 대신 나는 좀 자세히 보여 달라고 했다. 내 눈에는 영락없는 오뚝이로 보이는데 그녀는 새라고 말했다. 하지만 새로 보기에는 너무 우스꽝스러웠다. 나무로 만들어진 그것의 뒤에는 자석이 붙어 있었고, 앞은 부리와 볼록한 배, 그리고 아래는 세워 둘 수 있도록 네모나게 돼 있었다. 그녀의 말을 듣고 자세히 보니 새 같기는 한데 그래도 여전히 뭔가가 허전했다.

"날개가 없어서 그래."

아, 그렇구나! 그제야 나는 뭐가 허전했는지 깨달았다.

"뉴질랜드에 갔을 때 이 새를 처음 봤지. 퀸스타운의 키위 새 야생조류공원에서. 하도 신기해서 냉장고 자석으로 하나 사왔어. 뉴질랜드 여행했을 때 얘기 해줄까?"

나는 대답하지 않았다. 다만 이제 시작이구나, 생각했다. 그녀가 시장통의 좁은 포장마차에서 뉴질랜드로 시공간을 훌쩍 뛰어넘어 퀸스타운에서 죽음의 번지점프를 하고, 테카포 호수에서 마을 주민의 보트를 얻어 타고, 이름 모를 소도시의 노천카페에서 맥주를 마실 무렵 나는 네 번째 탄알을 장전했다.

체 사의 탄알, 사기 및 절도.

경수의 언질이 없었더라도 그녀의 얘기를 듣는 동안 나는 알 수 있었다. 그것은 자신의 여행기가 아니었다. 이웃 마을을 찾아가기 위해 열몇 날을 걷고, 길가의 텐트에서 잠을 자고, 호숫가에서 세수를 하고, 한없이 느린 증기선을 타고, 마운트쿡을 트래킹한 사람이 그녀 본인이라고는 도저히 믿을 수 없었다. 그녀의 덩치가 제법 우람하다고는 하나 그것은 오십 대 후반 여자라는 걸 감안했을 때 그렇다는 것이고, 불룩한 상체와 그 상체를 떠받치고 있는 얇은 하체 어디에도 백 일 도보여행을 실행할 만한 체력이 있으리라고는 보이지 않았다. 그녀는 나에게는 사기를, 그리고 진짜 여행자에게는 절도를 행했다. 나는 네 번째 탄알을 장전함에 있어 일말의 죄책감도 느끼지 않았다. 더불어 그녀의 얘기를 중간에 끊고 질문을 던지는 단호함까지 보였다.

"그래서 백 일 도보여행은 성공하셨어요?"

줄곧 신 나게 떠들어 대던 그녀가 갑자기 입을 다물었다. 초점 흐릿한 눈으로 잠깐 나를 건너다보기도 했다. 얼굴 없는 여행자의 추억에서 쉽사리 빠져나오지 못하는 것 같았다. 나는 소주 한 잔을 천천히 비우며 그녀의 대답을 기다렸다. 하지만 시간이 흘러도 그녀는 묵묵부답이었다. 질문이 그렇게 심했나? 내가 그 같은 질문을 던진 것은 하염없이 이어지는 그녀의 말을 조금이나마 줄이려는 의도에서였지 침묵을 이끌어 내기 위해서는 아니었다. 게다가 평범하기 이를 데 없는 질문일 뿐이었다. 그녀의 얘기를 듣는다면 누구라도 물어볼 법한 것이었다. 나는 왼손으로 턱을 괸 채 술을 마시는 그녀를 바라보았다.

시간이 흘렀다. 그사이 경수에게서 세 개의 문자메시지가 와서 두 개의 답문을 보냈다. 두 명의 수강생으로부터 각각 두 번의 전화가 왔으나 받지 않았다. 학원에서 경리와 수위, 원장의 운전기사를 겸하고 있는 남자로부터 역시 두 번의 전화가 왔지만 받지 않았다. 서른일곱 살의 미혼인 그는 벌써 몇 년째 내게 추파를 던지고 있었다.

슬쩍 시계를 보니 다섯 시가 다 되어 가고 있었다. 부라더미싱 여자는 그때까지 나타나지 않았다. 하긴 다섯 시라고는 하지만 해가 중천에 떠 있는데 술이라니, 부담스럽기도 할 것이다. 게다가 부라더미싱 여자에게는 가게를 봐줄 직원이 없었다. 그런 사정을 모를 리 없는 국제상사 어지기 술친구로 굳이 부라더미싱 여자를 불렀다는 것은 오만과 폭력으로 보였다. 내가 그런 생각에 빠져 있는데 그녀가 중얼거리듯 말했다.

"나야 모르지."

"네?"

"성공했는지 어쩐지 나도 모른다고."

"그게 무슨……?"

"나, 사실은 아무 데도 가본 적 없어. 서른몇 살 때부터 이 좁은 시장바닥에서만 살았어. 가게를 비울 수가 없으니 어딜 갈 수도 없었지. 남편이라고 하나 있는 건 저 놀기 바빠서 가게엔 신경도 안 쓰고. 남들 다 가는 제주도도 한번 못 가봤어. 가고 싶을 땐 시간이 없었고, 이젠…… 마음이 없는 거지."

"그럼 뉴질랜드는……?"

묻지 않을 수도 있었지만 나는 묻는 것을 택했다. 모른 척 할 수도 있었지만 그러지 않기로 했다. 내게 행한 사기는 묵인할 수 있어도 절도에 관한 것은 내 몫이 아니었다.

"한 육 년 됐나 봐. 군대 갔다 와서 복학을 앞두고 있었어. 스물여섯 살 훤칠한 청년이었지. 얼마나 똑똑하고 잘생겼는지 보고만 있어도 흐뭇한 그런 아들. 처음 보는 사람도 붙잡고 막 자랑하고 싶은 그런 아들 말이야. 그 잘난 아들이 복학 전에 여행을 가고 싶다는데 어느 부모가 안 보내 주겠어. 처음에는 한 달 일정으로 중국으로 갔지. 한 달이 지나자 이번에는 유럽으로 가겠다는 거야. 복학 날짜도 있고 하니 조금 돌아다니다 오겠지 싶어서 송금을 했어. 그런데 두 달이 돼도 안 오더라고. 무심한 자식이 엽서도 한 장 안 보내고."

그녀가 홀짝, 소주를 마셨다. 포장마차 주인이 뜨거운 어묵 국물을 내려놓았다.

"목이 빠져라 기다리는데 어느 날 녀석이 전화를 해서는 뜬금없이 뉴질랜드에 있다는 거야. 백 일 도보여행을 할 생각이라면서. 그때는 나도 화가 나서 두 달 만에 전화한 녀석한테 소리를 질렀어. 그해 복학이 물 건너갔거든. 그럼 한 해를 또 꿇어야 하잖아. 군대 이 년도 아까워 죽겠는데 똑똑한 놈이 뭣 땜에 자꾸 꿇느냐고. 한 살이라도 어릴 때 졸업해서 자리를 잡아야지. 그런 얘기를 했더니 녀석이 걱정 말래. 자신 있다고. 뉴질랜드 여행을 끝으로 돌아오겠다고. 돌아와서 열심히 하겠다고. 기나긴 인생에서 일 년은 아무것도 아니라는데, 제가 자신 있다고 큰소리치는데 할 말이 있어야지. 그래서 다시 송금을 했어. 그 전에는 엽서 한 장 없더니 뉴질랜드 여행 때는 일주일에 한 통씩 꼬박꼬박 편지를 보내데. 어디를 어떻게 다니고, 누구를 만나고, 뭘 하고……. 이놈이 이제 정신 차렸구나 싶었지. 부모가 뼈 빠지게 일해서 번 돈으로 혼자 여행하니까 미안해서 그러는구나 생각했어."

그때 그녀의 휴대폰이 울려서 얘기가 끊어졌다. 전화를 건 사람이 부라더미싱 여자인지 그녀가 휴대폰에 대고, 금방 온다던 사람이 왜 이리 꿩 구워 먹은 소식이야, 버럭 소리를 질렀다. 그녀의 얘기에 빠져 있던 나는 퍼뜩 정신을 차렸고, 포장마차 주인도 놀랐는지 들고 있던 젓가락을 떨어뜨렸다. 전화를 끊은 그녀는 아무 일도 없었다는 듯 다시 얘기를 이어갔다.

"그런데 두 달쯤 지났을 때부터 편지가 끊겼어. 지쳤거나 귀찮아졌거나 시간이 없어서 그럴 거라고 생각했어. 집 떠난 지 오래됐으니 돌아다니는 것도 편지를 쓰는 것도 지칠 때가 됐지. 그런데 녀석이 말한 백 일이 지나도 연락이 없는 거야. 백 일 도보여행을 한다고 했는데 그 백 일이 지나고 백이십 일이 지나도 편지는커녕 전화 한 통 없었어. 그래도 나는 돈 떨어져서 녀석이 굶지나 않을까만 걱정했지 그때까지만 해도 몰랐던 거야. 이제 내 앞에는 피를 말리는 세월이 기다리고 있을 뿐이라는 걸. 알았으면…… 글쎄……. 징글징글한 육 년이 그렇게 흘렀네."

"혹시 사고라도……?"

"그랬다면 집으로 연락이 왔겠지. 사실 사고 생각을 안 한 게 아냐. 별별 생각이 다 들었어. 뉴질랜드뿐 아니라 유럽, 미국, 아프리카까지 한국대사관이 있는 곳이라면 죄다 연락해

봤어. 전화를 하고 사진을 돌리고 뇌물 조로 돈까지 보냈지. 그럼 좀 잘 찾아봐 줄까 싶어서. 그런데 헛수고야. 나중에는 녀석 시신에 현상금까지 걸어 봤는데도 못 찾아. 오죽했으면 대사관 직원이 그러더라고. 이렇게까지 흔적이 나타나지 않는다는 건 사고를 당한 게 아닐 수도 있다. 그 말을 듣는 데 일 년이 걸렸어. 그런데 녀석이 사고를 당한 게 아니라면 도대체 어디로 갔다는 거야? 왜? 혹시라도 단서를 찾을 수 있을까 싶어서 두 달 동안 받은 편지들을 다 꺼내서 읽고 또 읽었어. 마지막 편지 내용이 키위새 얘기였지. 이 키위처럼 날지 못할까 봐 걱정이라고. 점점 날개가 퇴화돼 가는 것 같다고. 처음 편지를 받았을 땐 똑똑한 놈이 별걱정을 다 한다고 코웃음 쳤지. 일류 대학 다니지, 머리 좋지, 게다가 제가 원하기만 하면 뭐든 들어줄 부모가 뒤에 떡하니 버티고 있는데 뭐가 걱정이냐고. 그런데 읽으면 읽을수록 자꾸만 이상한 생각이 들었어. 혹 이 편지들이 마지막 선물은 아니었을까. 옜다, 이거나 먹고 떨어져라. 나는 내 갈 길 가련다. 그놈이 이렇게 세세한 것까지 좋알낼 놈이 아니거든. 곰살맞은 구석이라고는 먹고 죽으려도 없는 놈이거든. 어릴 때부터 무뚝뚝하기가 하늘을 찔러서 학교에서 돌아오면 곧장 제 방으로 가서 처박히는 놈이었다고. 이미가 뭘 물어도, 아비가 뭘 물어도 대답도 안 하고 우리 말은 귓등으로도 안 듣던 놈이었는데. 진작 그 생각을 못 한 내가 어리석었어. 골골대는 몸으로 허구한 날 담배나 피워 대는 아비도, 한 푼이라도 더 벌어 보겠다고 시장 여편네들하고 싸움질이나 해대는 어미도 보기 싫었겠지. 그놈은 아장아장 걷기 시작할 때부터 부모를 부끄러워했어."

"그래도 설마……."

"이 새가 꼭 나 같아. 날지 못하는 게. 생긴 것도 그렇고. 근데 차이점이 뭔지 알아? 이 새는 국가의 보호를 받지만 나는 누구의 보호도 받지 못한다는 거야. 오늘이 그놈 마지막 편지를 받은 날이야. 안 그러려고 해도 마음이 뒤숭숭해서 가게에 있을 수가 있어야지. 누나도 한잔해."

나는 그녀가 마시고 내려놓은 잔에 술을 따라 주었다. 옆 포장마차에서 떡볶이를 먹던 젊은 여자 둘이 우리를 힐끔거렸다. 내가 따라 준 술까지 한 번에 털어 넣더니 그녀가 말했다.

"사람들이 날 욕한다는 거 알아. 아까 누나 시선도 별로 다르지 않던데, 맞지? 아들놈이 사라지고 나서 이상한 취미가 생겼지 뭐야. 아들 또래 애들한테서 여행 경험담을 사는 거. 냉장고 자석은 핑계고. 그 애들 얘기를 듣고 있으면 마치 아들놈이 지금 그곳에서 여행을 하고 있는 것 같은 착각이 들어. 그러다 또 혹시 모르지. 우연히라도 그놈 소식을 들을 수 있을지. 몹쓸 놈의 자식."

나는 그녀의 붉어진 얼굴을 가만히 바라보고 있다가 몇 시간 전에 장전했던 탄알을 꺼냈다. 그러자 어디선가 키위새가 나타나 내 손안의 탄알을 물고는 뒤뚱뒤뚱 저녁노을 속으로 멀어져 갔다.

그날 그녀는 혼자서 소주 두 병을 마신 뒤 자리에서 일어났다. 비틀거리며 그녀는 국제상사로 가고, 나는 만나지 않느니만 못한 결과를 가지고 집으로 향했다. 마음이 복잡했다.

페인트칠

 산에 못 가게 했다고 아버지는 아침부터 볼이 부어 있었다. 밥도 먹는 둥 마는 둥 하고 방으로 들어가더니 오전 열 시가 되도록 나오지 않았다. 아버지, 하고 불러도 대답이 없었다. 한 번쯤은 페인트칠을 해줘야죠, 하고 달래도 대꾸하지 않았다. 아버지는 그럼 이렇게 지저분한 집에서 살고 싶어요, 하고 물어도 꿈쩍하지 않았다. 급기야 내가, 엄마가 이 집 꼴을 봤으면 뭐라고 했겠어요, 하고 일침을 기했을 때에야, 경수 있잖냐, 하는 퉁명스러운 목소리가 방에서 흘러나왔다. 아버지가 내쳐 말했다.
 "젊은 놈 두고 늙고 병든 이 애비를 꼭 부려 먹어야겠냐?"

"경수 쉬는 날 기다리다간 숨넘어가요. 게다가 경수가 쉬면 저는 출근하잖아요. 혼자 해보라고 해도 안 하는 걸 어떡해요?"

"내쫓으면 되잖아."

'아버지!' 하고 불렀다가 나는 금방 목소리를 낮추고 달래듯 말했다.

"산에 못 가게 해서 삐친 거 알아요. 오늘 하루만 아버지가 희생하세요."

아버지는 대답하지 않았으나 나는 그쯤에서 물러났다. 특히 여름이면 방을 갑갑해하는 아버지가 스스로 방에 갇힌다는 건 최후의 투정일 뿐 어차피 곧 항복할 게 뻔했다. 게다가 조금 전 나는 이렇게 외쳤던 것이다.

"아버지, 창문 닫아요. 물 폭포가 쏟아져도 저는 몰라요."

사포질과 물청소의 순서를 두고 잠깐 고민했지만 결국 나는 물청소를 선택했다. 아버지를 조금이라도 빨리 밖으로 끌어내기 위해서였다. 마당의 수도꼭지에 호스를 연결한 뒤 집을 향해 물줄기를 쏘았다. 기대했던 것보다 물줄기가 약했다. 과연 얼마나 먼지며 이물질을 제거할 수 있을지 의문이 들었다.

"집을 이렇게 다 적셔 놓으면 페인트칠은 어떻게 하나?"

어느새 밖으로 나온 아버지가 말했다. 나는 호스를 내려놓고 물을 잠갔다.

"아직 안 뿌린 쪽도 있어요."

아버지가 집을 보더니 얼굴을 찌푸렸다. 집 전체가 아니라 아버지의 방 주변 벽만 젖어 있었던 것이다. 그러나 그것도 얼마 안 가 마를 터였다. 구월 초순인데도 햇빛은 여전히 뜨거워서 땅 위의 수분을 맹렬하게 빨아들이고 있었다. 집이 뺏긴 수분은 곧 우리 몸에서 흐를 터였다. 집은 말라 가고 우리는 젖어 갈 것이다.

아버지와 나는 사포를 하나씩 나눠 들고 벽에 붙었다. 딱딱하게 굳어서 일어난 페인트를 사포로 문지르자 부옇게 먼지가 피어올랐다. 아버지가 재채기를 했다. 그래도 마스크는 쓰지 않았다. 마스크를 쓰면 숨이 막혀서 죽을 것 같다고 했다. 절대 그런 일 없다고 안심시켰지만 아버지는 고집을 꺾지 않았다.

"엄마랑 살면서 어땠어요?"

"뭐가?"

나는 칼을 가져와 옥상으로 올라가는 계단을 긁기 시작했다. 계단을 새카맣게 만든 게 이끼인지 곰팡이인지 알 수 없었다.

"행복했냐고 묻는 거예요."

아버지는 잠깐 생각하더니 대답했다.

"그런 거 생각할 겨를이 어딨었냐. 평생 허둥지둥하면서 살았다."

"지금 생각해 보면 되잖아요. 행복이란 거 원래 그때는 모른대요. 시간이 지나고 나야 알지."

아무리 긁어도 변색된 계단을 원래대로 만들 수는 없었다. 오히려 긁을수록 칼자국만 생겨서 더 흉해졌다. 페인트칠도 소용없을 것 같았다.

"모르겠다. 아니, 나는 괜찮았는데, 네 엄마는…… 고생만 하다 가서……."

한참 만에야 아버지가 대답했다. 나는 아버지에게 밀짚모자를 씌워 주었다. 발갛게 달아오른 목에는 수건을 둘러 주었다.

"아버지가 그런 마음이라면 아마 엄마도 마찬가지였을 거예요."

"저승 가면 물어보마."

수건으로 얼굴을 닦으며 아버지가 말했다.

우리는 차가운 얼음물을 한 잔씩 마신 뒤 다시 벽에 붙었다. 땀방울이 눈썹을 타고 볼로 흘러내렸다. 티셔츠가 몸에

쩍쩍 달라붙었다. 그때쯤 나는 벌써 후회하고 있었다. 과연 아버지와 내가 이 집을 다 칠할 수 있을까? 나는 페인트칠을 해본 적이 없었다. 내가 기억하는 한 아버지도 페인트칠을 해본 적이 없었다. 이 집을 사기 전까지 우리에게는 페인트를 칠할 만한 것이 아무것도 없었다. 마당 한쪽에 쌓인 페인트도 내가 인터넷에서 정보를 찾아 사 온 것이었다. 페인트에 섞는 재료나 칠하는 방법 역시 인터넷에서 찾은 정보가 다였다. 그랬으므로 작업이 끝난 뒤 내가 머릿속으로 그린 집의 모습이 나올 수 있을지 슬슬 걱정되기 시작했다.

"쉬었다 하자."

아버지가 마루에 주저앉으며 말했다. 나는 마당 끝으로 가서 집을 바라보았다. 집은…… 그야말로 참담한 몰골을 하고 있었다. 군데군데 탈모가 진행 중인, 그나마 남은 머리카락도 햇볕에 타 누르스름하게 변한 남자의 머리통 같았다. 오래 바라보고 있기가 민망할 지경이었다. 나는 밀짚모자로 부채질을 하며 마루로 가서 앉았다. 얼음물을 마시던 아버지가 나를 흘끔 보더니 말했다.

"루거 GP-100도 있고 베레타 92FS도 있고 발터 PPK도 있더라."

"그게 뭐예요?"

"총 종류다. 실은 어제 실내 사격장에 갔었다. 군대에서 총을 쏴 봤다고는 하지만 너무 오래 전 일이라 감각도 되찾을 겸 연습도 할 겸 해서. 오랜만에 쐈더니 지금까지도 손이 얼얼하다."

나는 심호흡을 했다. 그런 뒤 간신히 물었다.

"저도 해야 하나요?"

"생각보다 비싸더라. 총도 한번 안 잡아 본 너까지 다니기는 힘들 것 같다. 어느 세월에 사격 기술을 익히겠냐."

나는 다행이다, 생각했다. 하지만 그렇다고 해서 기분까지 나아지는 것은 아니었다. 최근 아버지는 저녁마다 방에 들어가 삼십 분씩 머물다 나오고는 했다. 그럴 때면 집에 나밖에 없는데도 방문을 걸어 잠갔다. 안에서 뭘 하느냐고 물었을 때 아버지가 말했다.

"자고로 총이란 관리를 잘해야 하는 법이다. 게다가 자주 만져 줘서 내가 제 주인이라는 걸 알려 줘야 해."

"그렇다고 문까지 잠가요?"

"네가 함부로 들여다봐서 부정 탈까 봐 그런다."

"제가 뭐 바이러스라도 돼요?"

어쩌면 장난감 총일지도 모른다는 기대가, 진짜 총을 그렇게 쉽게 구할 수 있느냐고, 아니 장난감 총이기를 바랐던 기대가 하루하루 무너져 내리고 있었다. 정말 장난감 총이라면 아버지가 텔레비전 시청도 마다하고 저녁마다 방에 틀어박힐 리가 없었다.

아버지의 계획이 진행될수록 나는 점점 초조해졌다. 아직 탄창이 덜 채워졌는데⋯⋯ 탄창을 채우려면 국제상사 여자를 만나야 하는데⋯⋯ 그러나 나는 그녀를 만날 엄두가 나지 않았다. 그녀가 내게 한 부탁 때문이었다.

며칠 전 밤이었다. 경수가 슬그머니 내 방으로 건너오더니 말했다.

"우리 사장님이, 누나한테 처음으로 털어놓은 거라고, 고맙다고 하던데 뭔 소리야?"

"내게 고맙다고 했다고?"

나는 개나리색 체크무늬 옷감에 박고 있던 고개를 들었다. 그 바람에 초크 쥔 손이 흔들려서 재단선이 빗나갔다.

"그렇다니까. 누나한테 뭘 털어놨는데? 응?"

경수가 옷감을 빼앗으며 물었다. 옷감에는 여자아이의 원피스를 만들기 위한 재단선이 반쯤 그어져 있었다. 주부가 대부분인 수강생들의 맞춤 교육을 위한 것이었다. 그런데 왜 만날 원피스 아니면 치마, 치마 아니면 셔츠일까. 좀 더 독창

적이고 좀 더 파격적이고 좀 더 멋진 무언가가 없을까.

"별거 아냐."

"뭔데?"

나는 도로 옷감을 빼앗으며 말했다.

"그 여자가 그러더라고. 자기는 매일 고스톱을 치고 이틀에 한 번은 술을 마셔 줘야 한다고. 그러지 않으면 살 수 없대. 중독인가 봐."

경수가 자리에서 일어나며 쳇, 콧방귀를 뀌었다. 뒤이어, 그게 뭐가 비밀이야, 투덜거렸다. 그래도 내가 가만히 있자 나만 쏙 빼놓고 어쩌고 하며 불만을 쏟아 냈다. 경수가 옷감을 발로 차는 바람에 다시 재단선이 빗나갔다. 나는 초크로 경수의 발등에다 굵은 선 하나를 그어 주었다. 종아리에 그으려던 계획은 경수가 잽싸게 다리를 피하는 바람에 실패했다. 경수는 한 번 속지 두 번 속나, 하는 얼굴로 혀를 쏙 내밀고는 문지방을 넘어가더니 말했다.

"내일도 둘이서 잘 해보셔."

"내일?"

"시간 내달래."

"나? 왜?"

"나야 모르지. 그새 두 사람 많이 친해졌나 봐? 너무 그러면 안 되는 거 아냐?"

내가 미처 뭐라고 대꾸하기도 전에 경수가 문을 쾅 닫아 버렸다. 소리 때문인가, 바람 때문인가. 방바닥에 가라앉아 있던 온갖 먼지들이 날아올라 하늘하늘 공기 중을 떠다녔다. 나는 한차례 재채기를 하고 나서 마스크를 꺼내 썼다. 경수 이 자식. 그런데 국제상사 여자가 나를 만나자고 했다고? 왜? 아직 다 털어놓지 못한 얘기가 남았나? 한데, 너무 그러면 안 되는 거 아니냐고? 내가 뭘 어쨌는데? 우리가 뭘?

나는 보일러실로 가서 플러그를 뽑아 버렸다. 경수는 한여름에도 더운물로만 샤워했다. 사실 나도 그렇긴 하지만, 그래도 그렇지, 군대까지 갔다 온 녀석이 찬물을 질색하다니. 누구는 한겨울에 얼음물에도 들어가는데. 나는 이제 막 경수가 들어간 욕실을 한번 흘겨보고는 내 방으로 와서 문을 잠갔다. 집안일에 관심은커녕 매사 덜렁대기만 하는 경수는 보일러가 멈추더라도 플러그까지 생각이 미치지 못할 게 뻔했다. 안방의 온도조절기에 불이 꺼진 걸 보면 보일러가 고장 났다고 생각할 테지. 오늘 찬물 맛 좀 봐라, 이놈.

아니나 다를까 조금 후 '아빠!'를 부르는 경수의 절박한 목소리가 들려왔다. 아무리 '아빠!'를 불러도 취침 모드로 들어선 '아빠'가 미동조차 하지 않자 결국 '누나!'를 부르기 시작했다. 조금 후에는 욕실 문이 열리는 소리, 안방으로 건너가는 소리, 다시 욕실 문이 닫히는 소리가 차례대로 들렸다. 하지만 얼마 안 가 다시 문이 열렸다가 닫히고, 마루를 오가고, 아빠와 누나를 번갈아 부르는 소리가 집 안에 메아리쳤다. 그리고 그 소리의 향연은 이후 몇 분간 더 이어졌다. 마침내 으으으, 찬물을 뒤집어쓰며 내는 앓는 소리. 그 정도면 충분히 복수가 된 것 같았다. 나는 잘라 놓은 옷감을 박음질하기 시작했다.

종업원이 커피를 내려놓고 멀어지자마자 그녀가 말했다.
"누나한테 부탁이 있어."
시선 둘 곳을 몰라 괜히 주위를 두리번거리던 나는 그녀를 바라보았다. 그녀의 얼굴 표정은 자못 심각했고 목소리는 가라앉아 있었다. 지금까지 본 것과는 또 다른 모습이었다. 사흘이 지났지만 아직 아들의 얘기에서 헤어나지 못한 것 같았다. 하긴 그럴 만도 했다. 그녀의 말에 따르면, 그 아들이 어떤 아들인가. 아들을 위해서라면 목숨도 바칠 수 있다고 했다. 그런 아들이 죽은 것도 아니고 실종된 것도 아니고 그렇다고 가출한 것도 아닌 애매한 상태라니. 작별의 인사도 못 했는데. 하지만 내게는 그녀의 감정까지 고려할 여유가 없었다. 처음 들어와 보는 다방이라는 공간도 낯설었지만 그녀와 단둘이 마주 앉아 있는 것도 어색하기 짝이 없었다. 거기다 국제상사를 나설 때 바라보던 경수의 시선. 너무 그러면 안 되는 거 아냐, 하던 전날 밤의 질책 어린 말.

나는 서둘러 뭔데요, 물었다. 내가 서두르자 이번에는 그녀가 말을 꺼내지 못하고 미적거렸다. 나는 공연히 찻잔을 들었다 놓고 시계를 들여다보고 탁자에 묻은 얼룩을 휴지로 닦아 냈다.

"내 딸을 좀 만나 볼 수 있어?"

이건 또 무슨 소리지? 나는 고개를 갸우뚱했다. 사흘 전에는 아들 얘기를 하더니 이제는 딸? 생각하는데 그녀가 말을 이었다.

"내 말은 통 듣지를 않아. 뭘 하고 돌아다니는지 집에 붙어 있을 때가 없어. 새벽이나 돼야 기어들어 와. 화장은 꼭 저승사자같이 하고 다니고. 그 찰싹 달라붙는 가죽 바지는 또 어떻고. 딱 깡패 애인 년 꼴이라니까. 남부끄러워서 내가 살 수가 없어."

말을 하는 동안 그녀는 점점 평소의 전투력을 회복해 가고 있었다. 심각했던 얼굴은 어느새 화난 표정으로 바뀌었고, 가라앉았던 목소리는 점점 커지고 있었으며, 태도 역시 어딘지 모르게 당당해지고 있었다. 과연 사람의 본질이란 숨길 수가 없는 모양이었다.

"몇 살인데요?"

"스물둘. 올해 대학교 이 학년이야. 재수해서 간신히 들어갔어. 그런 주제에 공부는 안 하고 싸돌아다니기만 하니 내가 속이 상해서 살 수가 있어야지. 누나는 결혼하면 늦둥이 낳지 마. 이건 자식이 아니라 원수야."

목이 타는지 그녀는 커피를 벌컥벌컥 마셨다. 그 모습을 가만히 지켜보고 있다가 물었다.

"과외를 해달라는 건가요?"

"누나도 참. 대학생이 과외 받는 거 봤어?"

"아, 그렇죠. 그럼 왜 저를 보자고……?"

"누나가 만나서 충고 좀 해줬으면 싶어서. 세상 사는 게 얼마나 힘든지도 좀 얘기하고. 그런 얘기를 해줄 사람이 없어. 어릴 땐 오빠를 많이 따랐는데 이제 그 오빠마저 없으니. 혼자서 크느라고 힘들었을 거야. 사실은 걔한테 미안한 게 많아. 아들 찾느라고 딸한테 신경을 못 썼어. 딸이 뭘 먹고 뭘 입고 뭘 하고 다니는지도 몰랐어. 언젠가 딸이 그러더구먼. 오빠 사라진 뒤부터 자기 성적표 한번 본 적 있냐고. 한창 공부할 때였는데……. 누나가 만나 줄 거지?"

나는 퍼뜩 정신을 차렸다. 조금만 방심해도 나도 모르는 사이 그녀의 얘기에 빠져들었다. 상대의 혼을 빼놓는 게 역시 거간꾼다운 솜씨였다. 잠시 정신을 놓고 있긴 했지만 이것이 말도 안 되는 상황이라는 건 알 수 있었다. 상상만으로도 끔찍한 일이었다. 다행히 끝까지 내 신분이 노출되지 않는다 하더라도 이건 있을 수 없는 일이었다. 최소한의 양심이 있다면. 그런데 왜 나를?

"주위에 대학 졸업한 인간 하나가 없어. 죄 고졸 아니면 중졸이야. 그러니 딸이 말을 들어 먹어야 말이지. 잔소리를 조금만 해도 엄마가 뭘 알아, 대학 다녀 봤어, 이 지랄이니. 하군 말을 들으니 누나가 대학을 졸업했다대. 학교 다닐 땐 공부도 잘했고. 형편이 안 돼서 대학까지만 다녔지 그렇지 않으면 끝까지 공부했을 사람이라고. 내 보기에 심성도 그만하면 괜찮은 것 같고."

경수가 왜 그런 거짓말을 했을까. 아마도 자존심을 다치기 싫어서였을 거라는 생각이 들었다. 이력서 때문에라도 본인은 속일 수 없으니 확인 불가능한 나를 백했을 것이나. 하지만 나는 대학을 졸업하지 못했다. 졸업을 일 년 앞둔 삼 학년 때 휴학한 뒤로 영영 돌아가지 않았다. 병원에 입원한 엄마가 삼 개월 시한을 받아 놓고 있을 때였다. 경수는 일찌감치

군대에 갔고, 아버지는 스물네 시간 병원에서 살았다. 집안일을 할 사람이 나밖에 없었다. 아버지가 직장을 쉬는 바람에 경제적인 어려움도 있었다. 게다가 경영학이라는 공부가 적성에 맞지 않았다. 엄마는 죽어 가고 병원비를 감당하는 것만도 벅찬 마당에 졸업장 하나를 위해 계속 학교에 다닌다는 게 양심에 걸렸다. 그래서 휴학을 했다. 엄마가 떠난 뒤에도 나는 학교로 돌아가는 대신 일을 택했다. 평생을 봐온 게 바느질이었다. 스테이플러를 뺏긴 뒤부터 아버지는 구멍 난 고무신도 운동화도 모두 바늘로 꿰맸다. 천이나 가죽 소재의 자그마한 물건들은 아버지가 직접 바느질을 해 만들었다. 본 게 바느질뿐이어서 그런지 나는 별다른 노력을 들이지 않고도 척척 옷을 만들어 냈다.

"공짜로 만나 달라는 것도 아냐. 누나도 바쁠 테고. 사례는 섭섭지 않게 할게."

나는 고개를 저었다.

"아르바이트라고 생각하면 되잖아."

나는 찻잔을 만지작거리며 다시 고개를 저었다.

"부탁할 사람이 누나밖에 없어서 그래."

"전 그런 거 못해요."

"못해도 돼. 그냥 그 애 앞에 앉아서 들어 주기만 해도 돼.

지금처럼."

그녀는 완강했다. 나는 다른 핑계를 댔다.

"오히려 역효과를 낼 수도 있어요. 엄마가 간섭한다고 생각할걸요?"

"겉으로만 그러지 속은 안 그럴 거야. 관심에 목말라 있는 애니까. 받아야 할 때 받았어야 하는 건데 좀 늦었지."

그녀는 잘 훈련된 골키퍼처럼 내가 던지는 핑계마다 여유 있게 막아 냈다. 때문에 부탁받는 입장이면서도 오히려 내가 쫓기고 있었다. 분명 말이 안 되는 상황이었지만 더 이상 댈 핑계가 없었다. 그저 가만히 앉아서 찻잔만 만지작거릴 뿐이었다.

"뭐, 누나도 하는 일이 있는데 지금 대답하기 힘들겠지. 좀 생각해 보고 연락 줘."

집으로 돌아온 뒤에야 나는 싫은 걸 싫다고 말하지 못하고 바보처럼 머뭇거리고만 있었던 걸 후회했다. 그녀는 딸에게 친구를 만들어 주기 위해서라고 했다. 자신이 하지 못한 걸 친구가 대신 해주라는 뜻이었다. 하지만 돈 받고 만나는 게 무슨 친구인가. 게다가 한국 사회에서 나이 차가 여덟 살이나 나는 친구 관계가 어디 그리 흔한가. 그녀가 원한 건 진짜 친구가 아니라 만만한 밥이었다. 자기 딸이 화풀이할 수 있고 함부로 대할 수 있는 밥. 그리고 감시자의 역할. 거기까지 생각하자 나는 가만히 있을 수 없었다. 취소했던 네 번째 탄창에다 즉각 탄알 하나를 재워 넣었다.

 제 사의 탄알, 무리한 부탁으로 상대방에게 모욕감 주기.

 퇴근해서 돌아온 경수가 무슨 부탁을 하더냐고 꼬치꼬치 캐물었지만 나는 말해 줄 수 없었다. 경수까지 모욕감을 느끼게 하고 싶지는 않았다. 내가 끝까지 입을 다물고 있자 경수가 쳇, 하더니 내 방문을 걸어찼다. 나는 전날 밤처럼 경수에게 다시 복수를 감행하지는 않았다. 대신 국제상사 여자에 대해 남매간의 이간질 죄목으로 다섯 번째 탄알을 장전할까 말까를 두고 오래 고민했다.

 점심으로 콩국수를 시켜 먹은 뒤 아버지와 나는 다시 사포질에 매달렸다. 얼마 후 그 일이 끝나고 막 페인트칠을 하려는데 경수가 집으로 돌아왔다. 누구보다 반길 줄 알았던 아버지는 오히려 퉁명스럽게 '웬일이냐?' 물었다. 마루에 털썩 주저앉으며 경수가 대답했다.

 "조퇴했어요. 일복 있는 놈은 어딜 가도 고생이라니까."

 그런 뒤 경수가 내게 다가오더니 조그맣게 속삭였다.

 "웬일로 오늘은 산에 안 가고 가게에 나왔더라고. 누나는 뭐 하나 물어서 오늘 집에 페인트칠한다고 했지. 그랬더니 가서 도우래. 내가 누나네 집에 얹혀사는 걸로 알거든. 순순히 보내 줄 사람이 아닌데 아무래도 이상해. 둘 사이에 비밀 있는 거 맞지?"

나는 못 들은 척 경수에게 롤러를 건네주었다. 아버지는 그사이 마루에 드러누워 선풍기 바람을 쐬고 있었다. 경수가 페인트 통을 들여다보더니 한마디 했다.

"뭐야, 하늘색이야? 너무 평범하잖아."

"평범한 게 좋은 거야."

"누나는 너무 개성이 없어. 그러니 지금까지 자기 브랜드도 하나 못 가지고 기껏 학원에서 아줌마들이나 가르치고 있지."

뒤늦게 아차 싶었는지 경수가 흘끗 내 눈치를 살폈다. 나는 '야!' 소리치며 붓에다 페인트를 잔뜩 묻혀 경수에게 뿌렸다. 뭐야? 경수가 기겁하며 피했지만 머리카락과 옷에 페인트가 묻는 걸 막지는 못했다. 페인트 방울은 마루 유리문에도 튀었고 아버지의 발바닥에도 튀었다. 경수가 머리카락을 털며 '누나!' 볼멘소리를 냈지만 나는 개의치 않았다.

"이거 안 지워지면 어떡해?"

나는 나뭇가지에 걸어 두었던 수건을 경수에게 던져 주었다.

"보기 좋네, 뭐. 하늘색 염색머리 개성 있고 좋잖아."

오후 두 시 사십오 분, 준비 작업을 마치고 드디어 페인트 칠을 하기 시작했다.

난공불락의 비밀 상자

 몇 회짜리인지 알면 그나마 나을 텐데, 사용설명서는 붙어 있지 않았다. 그것은 누군가가 이미 상자를 열었다는 뜻이고, 그 누군가는 바로 상자의 주인일 가능성이 컸다. 그래서 국제상사 여자가 상자에 기대를 거는 것이고, 내가 이틀째 열리지 않는 상자를 열기 위해 애를 쓰는 것이었다. 뭔가 중요한 물건이 들어 있지나 않을까 하는 기대감.
 집에 똑같은 게 있다고 큰소리친 것이 잘못이었다. 하지만 사실 완전히 똑같지는 않았다. 일단 상자의 크기가 달랐고, 그렇다면 상자를 여는 횟수도 다를 게 틀림없었다. 횟수가 다르다는 말은 사실 완전히 다르다는 뜻이나 마찬가지였다.

혼자만 안을 볼 수 있도록 열고 닫는 방법도 횟수도 다 다른, 그래서 비밀을 담는다는 상자. 게다가 내가 가진 것은 네 번 만에 열 수 있는, 학원 원장이 하코네로 여행을 갔다가 선물로 사온, 비밀 상자 중에서도 가장 간단하고 작은 종류의 것이었다. 사용설명서 대로 딱 한 번 열었다가 닫은 후 책상 서랍 속에 던져두었던 그것. 그것도 몇 년 전에. 말하자면 큰소리칠 만한 상황이 아닌 것이다.

바닥에는 상자의 윗면과 옆면, 그리고 아랫면을 밀고 당긴 순서와 방향을 기록한 종이들이 여러 장 나뒹굴고 있었다. 경우의 수조차 알 수 없으니 도대체 이 나무 상자의 여섯 면을 몇 번이나 당겼다가 밀고 내렸다가 올려야 하는지도 알 수 없었다. 나는 내 손에 들린, 두건 쓴 갈색머리 여자아이를 내려다보았다. 여자아이는 홍조 띤 얼굴로 방긋 웃고 있었다. 웃는 모습이 어딘지 고양이와 닮았다 생각했는데, 자세히 보니 여자아이의 눈동자가 한낮에 보는 고양이의 눈처럼 세로로 그려져 있었다. 역시 고양이를 좋아하는 민족답다는 생각이 들었다. 상자의 다른 쪽 면에는 돛을 여러 개 펼친 배가 적당히 파도치는 바다를 항해하는 중이었다. 그 배를 가만히 보고 있자니 나도 어디론가 떠나고 싶어졌다. 커다란 배를 타고 망망대해를 하염없이 떠다니고 싶었다.

어쩌면 국제상사 여자를 다시 만난 게 잘못인지도 몰랐다. 아니, 어쩌면 거절을 잘 못하는 내 성격이 잘못인지도 모르고, 상자를 보는 순간 호기심이 이는 것을 그냥 방치한 게 잘못인지도 모른다. 하지만 거절을 하기 위해 만난 사람의 또 다른 부탁을 연거푸 거절하기가 쉽지 않았다. 그녀가 말했다.

"아들이 여행 중에 집으로 보내온 거야. 처음엔 뭔가 싶어 몇 번 열려고 시도해 봤지. 안 되기에 그냥 아들 방에 뒀던 거야. 내내 잊고 있다가 얼마 전에야 생각났어. 여행 중에 이런 걸 보낼 정도면 보통 물건은 아니라는 거지. 사곤지 아닌지는 모르겠지만 어쨌든 아들 일과 관계가 있을 것 같은 예감이 들어. 헌데 며칠을 이리 돌려 보고 저리 돌려 봐도 안 돼. 도대체 뭐가 어떻게 된 건지 열리지를 않아. 안에 뭐가 들었는지 모르니 함부로 부술 수도 없고. 누나가 안다니 좀 열어 줘 봐."

그때는 쉽게 생각했다. 상자가 좀 크긴 했지만 이렇게 오랫동안 열리지 않으리라고는 예상하지 못했다. 루빅큐브처럼 이리저리 놀리다 보면 될 줄 알았나. 하지만 색깔을 맞추는 루빅큐브는 어느 정도나 진행됐는지 눈으로 볼 수 있기라도 하지, 이건 속을 알 수 없으니 더 답답했다. 내일이라도 그녀에게서 연락이 올까 봐 마음이 조마조마했다. 설령 조금 안다 하더라도 미리부터 안다고 말하는 게 아닌데, 뒤늦게 후회가 되었다.

상자를 가지고 마루로 나갔다. 아버지는 텔레비전을 보며 졸고 있었고, 경수는 달빛 아래서 역기를 들고 있었다. 아버지가 늘 힘없이 늘어져 있는 반면 경수는 언제나 힘이 남아돌았다. 하루 종일 무거운 짐을 날랐을 텐데도 밤만 되면 역기를 들고 줄넘기를 하고 팔굽혀펴기를 했다. 아버지도 젊었을 때는 경수처럼 그랬을까.

"이것 좀 열어 볼래?"

마루 끝에 서서 경수에게 말했다. 요즘 내게 삐쳐 있는 경수는 대꾸도 하지 않았다.

"운동 그만하고 이것 좀 열어 봐."

그래도 경수는 꿈쩍하지 않았다. 오히려 역기를 드는 기합 소리만 커졌다. 대신 아버지가 부스럭거리며 일어나더니 뭐냐, 물었다.

"비밀 상자라는 거예요. 우리 학원 원장 아들 건데 여는 방법을 잊어버렸대요. 원장이 부탁해서 가져오기는 했는데 아무리 해도 안 되네요."

"뭐가 들었는데?"

나는 잠시 생각했다.

"한동안 저금통으로 썼다니까 아마 돈이겠죠?"

"열어 주면 얼마라도 주냐?"

"아버지!"

내가 정색하자 아버지가 얼른 말했다.

"농담이었다."

나는 상자의 기나긴 역사와 원리에 대해 설명하기 시작했다. 상자를 만든 사람의 장인 정신에 대해서도 얘기했다. 못질 한 번 없이 이 복잡한 물건을 손으로 직접 만드는 그들의 자부심에 대해서도 말했다. 이 상자는 단순한 상자가 아니라 예술 작품이라고 치켜세웠다. 하지만 이제는 관광지의 기념품으로 전락했다는 말은 하지 않았다. 관광객들이 어떤 쓰임새 때문이 아니라 단지 호기심 때문에, 혹은 그냥 재미로 사 가는 물건이라는 말도 하지 않았다. 아버지가 좀 더 진지하게 상자를 대해 주었으면 하는 마음에서였다. 그것은 내가 아버지에게 기대를 걸고 있기 때문이었다. 나보다는 경수가, 경수보다는 아버지가 더 손재주가 있었다. 중간에 포기하지만 않는다면 아버지는 상자를 열지도 몰랐다. 포기하지 않게 만들기 위해서는 아버지의 오기를 발동시켜야 했고, 그러자면 자존심을 건드려야 했다. 내가 나라 밖 장인을 치켜세우면 아버지의 장인 정신은 분명 상처를 입을 것이고, 질투심을 불태울 것이고, 그것은 도전 정신으로 이어질 것이다. 가만히 듣고 있던 아버지가 말했다. 역시.

"좋은 금고 널렸는데 누가 이딴 걸 쓰냐."

비하하는 듯했지만 상자를 관찰하는 아버지의 표정은 그 어느 때보다 진지하고 신중했다. 눈빛도 매서웠다. 평소의 모습이 아니었다. 어쩌다 한 번, 아버지가 좋은 구두에 대해 열변을 토할 때나 볼 수 있는 표정과 눈빛이었다.

"금고 용도가 아니에요. 더 소중한 걸 넣는 거지."

나는 한 번 더 질렀다.

"주인도 못 여는 걸 만들어서 뭐해? 이런 걸 혹세무민이라고 한다."

"아버지가 그런 말도 아세요?"

한 번 더.

"내가 혹세무민도 모를 것 같냐? 넌 나를 아주 바보로 아는구나."

아버지가 발끈했다. 나는 아니에요, 하고 아버지의 마음이 더 상하기 전에 얼른 수습했다. 지나치면 부작용이 생길 수도 있었다. 아버지와 내가 티격태격하자 경수가 슬그머니 마루로 올라오더니 상자에 관심을 보였다.

"네가 한번 해봐라."

아버지가 경수에게 상자를 넘겼다. 경수도 눈썰미나 손재주 면에서는 그다지 나쁘지 않았다. 어릴 때부터 물건을 부수고 조립하는 걸 좋아했다. 툭하면 라디오나 선풍기를 분해해서 엄마에게 혼이 나기도 했다. 한번은 텔레비전을 건드렸다가 엄마에게 들켜서 열여덟 시간 동안 집에서 쫓겨난 적도 있었다. 그때 우리는 이 주일이나 텔레비전을 보지 못했다. 수리공에게 줄 수리비를 마련하지 못했기 때문이었다. 그 이 주일 동안 나는 밥을 풀 때마다 경수의 밥그릇에 왕소금만 한 돌을 두세 개씩 넣었다. 그 후로도 경수는, 텔레비전을 다시 건드리지는 않았지만 시계나 전기뚝배기 같은 자잘한 것들은 곧잘 분해했다가 엄마가 돌아오기 전에 원래 모습대로 만들어 놓고는 했다. 그런 경수니만큼 나는 내심 기대가 컸다. 하지만 '그런' 경수도 삼십 분이 지나도록 상자를 열지 못했다. 열기는커녕 십 회도 채 나아가지 못했다. 나는 이십 회까지는 성공했다. 비록 이틀이 걸리기는 했지만. 경수의 손놀림을 유심히 지켜보던 아버지가 한마디 했다.

"오늘 해 떨어지기 전에 성공하겠냐?"

"해 진작 떨어졌어요. 해 뜨기 전에라고 해야죠."

경수도 지지 않았다.

"꼭 일 못하는 놈이 말대꾸하지."

"그럼 아빠가 해봐요."

경수는 상자를 던지듯 마루에 내려놓았다.

"그럼 그럴까?"

상자를 집는 아버지의 표정이 자신만만했다. 경수의 손놀림을 유심히 지켜보고 있더니 그새 뭔가 알아낸 모양이었다. 역시. 그때 아버지가 텔레비전을 고치지 못한 것은, 혹은 고치지 않은 것은 아버지 말처럼 '너무 피곤해서' 그리고 '시간이 없어서'였던 것이다. 또 아버지는 말했다.

"집집마다 자기 텔레비전 자기가 다 고치면 수리공 김 군은 뭘 먹고 사냐? 한동네 살면서 그러는 거 아니다."

아버지의 말이 변명만은 아니었던 것이다.

아버지는 두어 번 헛기침을 하더니 내게 물 한 잔을 가져다 달라고 했다. 대결을 앞두고 행하는 의식이었다. 성공을 극적인 것으로 만들기 위한 의도된 지연이었다. 나는 얌전히 일어나 부엌으로 갔다. 냉장고에서 물통을 꺼내 컵에다 물을 따랐다. 얼음도 두어 개 떨어뜨렸다. 작년에 대대적인 치과 치료를 받은 후 아버지의 이는 예전의 튼튼함을 되찾았다. 그 뒤로 아버지는 한겨울만 빼고는 와자작, 소리를 내며 얼음 깨 먹기를 즐겼다.

"어? 아빠!"

경수의 목소리였다.

"누나! 아빠 봐봐."

역시 경수의 목소리였다. 나는 뒤를 돌아보았다. 아버지가 망치를 들고 있었다. 오른손에는 망치를, 왼손에는 상자를 들고 있었다. 안 돼요! 소리치며 몸을 날렸지만 나는 상자로부터 너무 멀리 떨어져 있었고, 아버지의 망치는 너무 가까이 있었다. 아버지가 망치로 톡톡, 상자를 쳤다. 톡톡, 쳐서 옆면을 빼내고 또 톡톡, 쳐서 윗면을 빼내고 다시 톡톡, 쳐서 다른 옆면을 빼내고……. 아버지의 손놀림이 어찌나 빠른지 내가 달려갔을 때는 이미 하나의 상자가 여섯 개의 나무판자로 해체되어 있었다.

"아버지!"

"이러면 될 걸 뭐하러 골머리를 썩이냐."

"이러면 될 걸이 아니라 이건 부순 거잖아요! 누군 부술 줄 몰라요?"

"다시 원래대로 만들면 되지. 내가 감쪽같이 해놓을게."

"어? 근데 아무것도 없잖아, 뭐 있다고 하지 않았어?"

나무판자들을 헤집으며 경수가 물었다.

"저금통으로 쓴 거 맞냐? 돈 다 쓰고는 엄마한테 혼날까 봐 거짓말한 거 아냐?"

아버지도 실망한 눈치였다.

"지금 그게 중요해요? 남의 물건을 부숴 놨잖아요. 이제 원장한테 뭐라고 해요?"

"원래대로 해놓는다니까. 그게 싫으면 네가 사주든지. 근데 이거 해체해 놓고 보니 너무 볼품없다."

망치로 나무판자를 툭툭 건드리며 아버지가 말했다. 그러더니 선반 위에 망치를 올려놓고는 슬그머니 방으로 들어갔다. 들어가며, 오늘은 늦었으니 내일 조립해 주마, 하고 말했다. 내 눈치를 보던 경수도 슬그머니 일어나며, 새 걸로 사주면 더 좋아할지도 모르잖아, 했다.

"우리나라에서는 안 파니까 문제지."

"그럼 어쩔 수 없네. 아빠를 믿어 봐. 아빠 솜씨 좋잖아. 누나 구두도 만들어 주고."

내가 뭐라고 대꾸하기 전에 경수는 잽싸게 자기 방으로 들어가 버렸다. 나는 닫힌 방문들을 노려보다가 기나긴 한숨을 내쉬었다. 그런데 정말 아무것도 없나? 나는 나무판자를 이리저리 뒤집어 보고 마루를 구석구석 살펴보았다. 아무것도 없었다. 혹시 상자 안에 또 다른 공간이 있다가 아버지가 망치질을 하는 순간 홀연히 사라져 버린 것은 아닐까, 그 속에 담긴 물건과 함께. 그럴 리 없다고 생각하면서도 상자에서 아무것도 나오지 않은 것이 마치 내 잘못인 것만 같아서, 차근차근 단계를 밟아 힘겹게 비밀의 공간에 도달하지 못해서인 것만 같아서 마음이 무거웠다. 그리고 허탈했다. 이틀 동안의 고생은 그렇다 치고 이제 그녀에게 뭐라고 말하나.

내가 아버지와 경수의 도움을 빌리려던 것은 물론 내 힘으로 해결하기 힘들어서이기도 했지만 사실은 더 큰 이유가 있었다. 비밀 상자를 빌미로 우리가, 그러니까 아버지와 경수와 내가 그녀에게 마지막으로 선행을 베풀자는 의도에서였다. 앞으로는 기회가 없을 것이므로. 집행을 앞둔 사형수에게 건네는 작은 친절 같은 것. 그녀를 위해서, 그리고 우리를 위해서도.

나는 여섯 조각으로 해체된 상자를 들고 방으로 갔다. 상자를 이 지경으로 만들어 놓고 안에 아무것도 없었다고 말하면 그녀가 믿어 줄까. 아니, 그녀에게는 그 무엇보다 소중할 상자를 이렇게 함부로 대했다는 데 화를 내지는 않을까. 아버지가 망치질만 하지 않았어도 못 열었다고 사실대로 말하고 상자를 돌려주었으면 됐을 텐데…… 이제는 너무 늦었다.

나는 돛을 활짝 펼친 채 바다를 항해 중인 배를 오랫동안 내려다보았다.

이튿날 학원에서 돌아오니 먼저 퇴근한 아버지가 상자를

만지작거리고 있었다. 부술 때처럼 다시 망치로 나무판자를 톡톡, 두드려서 끼우고 톡톡, 두드려서 밀어 넣었다. 약속을 잊지 않았다는 데 일단 안심이 되기는 했지만 나는 관심 없는 척 한마디 말 없이 방으로 들어가 옷을 갈아입고 부엌으로 갔다. 전날 밤의 불면과 오늘 낮의 불안을 생각한다면 저녁까지 굶기고 싶었으나 그것만은 참았다. 이미 아침에 빵 한 조각과 물 한 잔만 내놓음으로써 아버지에게 벌을 내렸던 것이다. 평소라면 손도 대지 않았을 테지만 오늘 아침 아버지는 내 눈치를 봐가며 마지못해 빵 한 조각을 다 먹었다.

내가 저녁상을 차려 마루로 내가자 아버지는 슬그머니 내 쪽으로 상자를 밀어 놓고는 숟가락을 들었다. 그리고 말했다.

"나는 최선을 다했다."

내 앞에 놓인 상자를 내려다보았다. 그런 다음엔 아버지를 쳐다보았다. 아버지의 숟가락질이 빨라졌다. 다시 상자를 내려다보았다. 그런 다음엔 또 아버지를 쳐다보았다. 아버지의 숟가락질이 더 빨라졌다. 국은 아예 그릇째 들고 마셨다.

"다시 할 거죠?"

"아니."

"왜요?"

"아예 새 걸 만들면 모를까 나무판때기를 뺐다가 끼우는 게 쉬운 줄 아냐? 장난감 조립하는 것도 아니고."

밥알을 우물우물 씹으며 아버지가 대답했다.

"그러게 누가 빼래요? 아니면 새 걸 만들어 줘요."

"나는 못 만들지. 구두라면 모를까."

"아버지!"

"저녁 잘 먹었다."

숟가락을 내려놓자마자 아버지는 방으로 들어가더니 딸깍, 문을 잠갔다. 그래도 아버지의 솜씨를 믿었는데, 이십 년이나 구두를 만든 손이니 이런 상자쯤 조금 어렵더라도 결국엔 원래 모양대로 만들어 놓고야 말 줄 알았는데, 허탈하기 짝이 없었다.

상자는 뭐라 말할 수 없을 정도로 처참한 몰골을 하고 있었다. 억지로 끼우다 보니 나무가 틀어져서 아귀가 하나도 맞지 않았다. 얼마나 만졌는지 곳곳에 거스러미가 일어나 손가락을 찔렀다. 바다를 항해 중인 배는 금방이라도 쓰러질 듯 보였고, 초롱초롱하던 여자아이의 눈은 총기를 잃고 옆으로 짜부라져 있었다. 그리고 무엇보다 이제 그것은 더 이상 비밀 상자가 아니라 그냥 상자에 불과했다. 예술 작품도, 하다못해 반듯한 직사각형도 아닌 못나디못난 상자.

고독한 어묵 장수

그녀의 첫마디는 이런 것이었다.
"국물 드릴까요?"
그리고 내 대답.
"네."
종이컵 가득 그녀가 어묵 국물을 따라 주었다. 검정색 매니큐어 칠한 손톱이 눈앞으로 다가왔다가 멀어졌다. 나는 어묵 꼬치 하나를 들고 되도록 천천히 먹었다. 다행히 손님은 많지 않았다. 대개가 대학생으로 보이는 손님들은 자기들이 알아서 국물을 떠먹고 어묵을 건져 먹었다. 먹을 만큼 먹은 뒤에야 여기요, 혹은 저기요, 그녀를 불러 돈 계산을 하고 떠났다. 손님들이 여기요, 저기요, 부를 때마다 그녀는 대나무 꼬챙이에 어묵을 꿰다가 말고, 커다란 양은솥에서 물기둥을 만들며 끓는 육수에 물을 붓다가 말고 다가와 돈을 받고 빈 꼬챙이를 거두어 갔다. 가게 안에는 탁자와 의자도 있었지만 아무도 안으로 들어가 앉지 않았다.

걸어서 오 분 거리에 대학교가 있었다. 그녀가 다니는 학교였다. 그리고 그녀는 학교에서 제법 유명인사에 속했다. 그녀가 소속된 컴퓨터공학과 사무실로 전화를 했을 때 내가 기대한 것은 전공과목의 수업시간 정도였다. 하지만 그녀의 선배는 친절하게도 그녀가 일하는 곳을 알려 주었고, 가게를 찾는 게 쉽지는 않으나 학교 근처에 와서 학생들에게 물어보면 대부분 알 거라고 말했다. 과연 선배의 말대로였다. 유명한 어묵가게가 있다고 하던데요, 말을 꺼내자마자 학생들은 척척 손가락을 들어 방향을 가리켰다. 손가락들의 지시대로 미로 같은 골목을 몇 번쯤 꺾어 들자 간판도 없는 작고 허름한 가게가 나타났다. 간판이 없다고는 했지만 학생들 사이에서는 '어묵 바^{bar}'로 통하는 그곳에 때마침 어묵을 파는 그녀가 있었다.

손님이 많지는 않았다. 그래도 어묵 바 앞이 빌 때는 없었다. 가끔은 대여섯 명의 학생이 한꺼번에 들이닥쳐 내 자리를 위협하기도 했다. 나는 뒤로 물러났다가 다가서고 옆으로 밀려났다가 제자리로 돌아오고는 했다. 어묵을 파는 그녀에게도, 어묵을 먹는 학생들에게도 눈치가 보였다. 꼬챙이 하나로 버티기에는 나는 너무 눈에 띄는 존재였다. 활짝 핀 장미꽃들 속에 한 포기 잡초로 서 있는 기분이었다. 할 수 없이 저기요, 그녀를 불렀다. 나는 그녀의 검정색 아이라인을 향해 물었다.

"안에 들어가서 먹어도 될까요?"

그녀는 의외라는 표정을 지었다. 그러나 곧 감정이 실리지 않은 목소리로 그러라고 했다. 나는 안으로 들어가 탁자 하나를 차지하고 앉았다. 바깥의 눈들로부터 등을 돌리자 그제야 숨을 쉴 수 있을 것 같았다. 나는 그때까지도 쥐고 있던 꼬챙이를 내려놓고 어묵 일 인분을 주문했다. 잠시 후 그릇을 내려놓는 검정색 매니큐어를 향해 내가 말했다.

"누구랑 많이 닮았네요."

딱히 누군가를 떠올리고서 한 말은 아니었다. 그것은 허두가^{虛頭歌} 같은 것이었다. 그녀도 나도 마음의 준비가 필요했다. 나보다는 오히려 그녀에게 더 필요했다. 지금부터 내가 꺼낼 얘기는 그녀에게 쉽지 않은 것이었다. 나는 오래 묵었을 그녀의 상처를 생각했다. 천천히, 시간을 들여 중심으로 나아가고 싶었다. 하지만 그녀는 내 말에 반응을 보이지 않았다. 당당히 못 들은 척했다. 못 들은 게 아니라 못 들은 척한다는 걸 알리기 위해 앞치마 자락이 휘날리도록 몸을 틀었다. 어쩔 수 없이 우회로를 버려야 했다.

"이원호 씨에 대해 물어보고 싶은 게 있어서 왔어요."

이번에는 그녀도 못 들은 척하지 못했다. 어묵을 꿰는 손놀림이 멈추는가 싶더니 고개를 돌려 나를 보았다. 그 눈에 적의가 서려 있었다.

"오빠를 어떻게 아세요?"

그녀와 나는 탁자 하나를 사이에 두고 앉아 있었다. 내 앞에는 그녀가, 그녀 앞에는 벽이 있었다. 국제상사 여자, 즉 그녀의 어머니에 대해 말했다. 그녀의 어머니가 내게 비밀 상자를 열어 달라고 부탁한 일에 대해 말했다. 상자를 망가뜨린 경위에 대해서도 대부분 솔직하게 털어놓았다. 솔직하지 않은 부분은 문장 속에다 아버지 대신 어린 조카를, 일부러 대신 실수를, 망치 대신 발을 집어넣은 것뿐이었다. 마지막으로 나는 말했다.

"어머니가 아시면 실망이 클 것 같아서요. 아직 기대를 못 버리신 거 같던데. 고민하다 동생분을 찾아왔어요. 어릴 때부터 오빠를 잘 따랐다고요. 오빠는 어떤 사람이었나요? 그걸 알아야 당신 어머니를 어떻게 도울지 생각할 수 있을 것 같아요."

그녀는 내 말이 다 끝나기도 전에 벽 쪽으로 고개를 돌려 버렸다. 심지어는 자리에서 일어나 주방으로 들어갔다 나오고, 어묵 바 앞의 빈 꼬챙이와 종이컵을 치우기도 했다. 생각할 시간을 벌기 위해서인 것 같았다. 아니면 적의를 다스리기 위해 일부러 시간을 끄는 것일 수도 있었다. 그녀가 다시 자리로 돌아왔을 때 내가 말했다.

"이제 말해 줄래요?"

"신경 쓰지 마세요. 엄마가 그러는 거 한두 번이 아니니까. 나한테까지 찾아온 사람은 없었지만. 그러다 제풀에 지치니까 신경 꺼도 돼요. 만만한 사람만 보이면 무턱대고 달려들어서 하소연하는 사람이에요, 우리 엄마. 그 비밀 상자라는 것도 언니가 처음 아니에요. 부순 건 처음이지만. 다들 의욕에 차서 달려들었다가 나가떨어졌어요. 차라리 잘됐어요. 이 기회에 엄마의 환상을 깨줘 버려요."

"그래도……"

그 순간 그녀의 검정색 립스틱 사이에서 낮지만 단호한 목소리가 흘러나왔다.

"엄마의 그 턱없는 믿음에 질렸어."

나는 당황스러움을 감추기 위해 주방으로 시선을 돌렸다. 그녀는 조용히 분노하고 있었다. 그러는 그녀가 이해되지 않았다. 세상 어느 엄마가 자식을 쉽게 포기할 수 있을까. 그녀의 분노는 엄마의 무관심으로 인해 생겼을 서운함의 정도를 넘어서고 있었다. 그녀가 말했다.

"오빠에 대해 뭐라던가요? 잘생기고 똑똑하고 공부 잘하고 남자답고…… 그렇게 말하지 않던가요?"

그녀의 목소리는 지나치게 낮았으나 이상하게도 귀에 쏙쏙 잘 들어왔다.

"뭐, 그 비슷한……."

"웃기지 말라고 해요. 엄마는 실제 아들이 아니라 자신이 꿈꾸는 아들을 품고 있는 거예요. 어쩌면 오빠를 영웅으로 만들고 싶은 건지도 모르죠. 아니면 못 본 육 년 사이에 머리가 좀 이상해져서 뭔가를 착각하고 있거나."

"그게 무슨 뜻이에요?"

오빠는 겁쟁이였어요, 그렇게 말해 놓고 그녀는 어묵 바 앞으로 가서 돈을 받고 꼬챙이를 치우고 어묵을 채워 넣었다. 어묵 바 앞이 한산해졌다. 그녀가 돌아왔다.

"엄마가 이 말도 하지 않던가요? 사고를 당했거나 실종된 게 아니라 일부러 돌아오지 않는 거라고요."

"뭐, 그 비슷한 말도……."

"그게 말이 된다고 생각하세요? 스물여섯 살짜리 남자가 돈 한 푼 없는 주제에 아는 사람 하나 없는 낯선 땅에서 정말로 혼자 살아갈 꿈을 꿀 수 있다고 생각하세요? 언제든 돌아올 수 있는 집을 두고? 다른 사람이라면 몰라도 우리 오빠는 아니에요."

"겁쟁이라서요?"

나는 넘겨짚었다.

"네. 그 여행, 왜 떠났을 거 같아요? 오빠가 좋아하는 여자가 있었어요. 군대 가 있는 동안 버림받을까 봐 좋아하는 여자한테 좋아한다고 고백도 못 하고 입대했어요. 제대하자마자 그 여자를 찾아갔어요. 오빠로서는 대단한 용기를 낸 거죠. 몇 년을 기다렸으니 마음이 급하기도 했을 거고요. 그런데 그 여자가 그랬대요. 오빠는 늘 겁먹은 것처럼 보인다고. 자기는 나약한 남자 싫다고. 그래서 오빠가 여행을 떠난 거예요. 용기를 증명해 보여야 했으니까. 가장 빠른 시간 안에 가장 효과적으로 용기를 증명해 보일 수 있는 게 여행이었어요."

"그렇다고 몇 달씩이나?"

"그 여자가 허락을 안 했으니까요. 사귀겠다는 허락이 떨어지기 전까지는 돌아오지 않겠다고 했거든요. 사실 그 여행, 내가 등 떠밀다시피 해서 보낸 거였어요. 집도 숨 막히고 학교는 더 숨 막히고 어디 도망이라도 가고 싶은 심정이었어요. 가고 싶어도 나는 못 가니까. 게다가 그때는 용기를 증명해 보이는 덴 여행이 최고라고 생각했어요. 오빠는 반신반의 했지만. 끙끙 앓고만 있더라고요. 그래서 내가 소리쳤어요. 이불 뒤집어쓰고 누워 있지만 말고 행동으로 보여 줘! 오빠의 등을 발로 차면서."

그때 교복을 입은 남학생들 대여섯이 우르르 몰려오더니 저기요, 합창하듯 그녀를 불렀다. 아무리 얘기에 열중해 있었다고는 하나 굵직한 남학생들의 목소리를 못 들었을 리 없을 텐데도 그녀는 일어나기는커녕 고개조차 돌리지 않았다. 남학생들이 다시 '저기요!' 비명을 지르듯 불렀다. 그것은 쇳조각으로 칠판을 긁는 듯한 괴성에 가까워서 어묵 바의 손님들을 밖으로 밀어내고, 길 가던 사람들의 시선을 잡아 끌었다. 그래도 그녀는 꿈쩍하지 않았다. 할 수 없이 내가 일어나 남학생들 앞으로 갔다.

"뭐 필요해……요?"

그러자 중구난방으로 떠들어 대는 남학생들. 어, 왜 아줌마가 와요? 우리는 저 누나 불렀어요. 아줌마가 주인이에요?

저 누나 이제 그만둬요? 나는 남학생들의 말을 무시하고 한 번 더 물었다.

"뭐 줄까?"

그러자 다시 중구난방으로 떠들어 대는 입들. 어묵 국물요! 저 누나가 주세요! 누나, 수능 끝날 때까지 기다려 줄 거죠? 전화번호 좀 주면 안 돼요? 저랑 사귀어요, 누나! 얘 말고 저랑 사귀어요, 제 용돈 모아서 누나 등록금 대줄게요! 여럿이 모였을 때 강해지는 건 여자들만이 아니었다. 고등학생 남자아이들도 마찬가지였다. 나는 종이컵에다 국물을 떠서 앞에다 하나씩 놓아 주었다. 자리로 돌아오자 그녀가 말했다.

"일부러 저러는 거예요. 내버려 둬도 알아서 다 해요. 어쨌든 고마워요. 얘기 마저 할게요. 오빠가 돌아오겠다고 할 때마다 내가 막았어요. 남자가 칼을 뽑았으면 하다못해 지푸라기라도 잘라야지! 그러면 오빠는 또 마지못해 주저앉고. 석 달이 다 돼갈 무렵 더는 안 되겠다 싶어서 여자를 찾아갔어요. 중학교 이 학년짜리가 학교도 빼먹고 그 여자네 회사로 딩딩히 쳐들어갔죠. 그런데 그 여자, 민나는 사람이 있다라고요. 벌써 삼 년이나 됐대요. 오빠한테는 왜 사실대로 말 안 했냐고 따졌죠. 오빠를 위해서 그랬다는 게 그 여자의 대답이었어요. 원호 씨가 좀 내성적인 건 맞잖아, 아마 그렇게 말했을 거예요. 다른 여자를 만나기 위해서라도 강해질 필요가 있었어, 그렇게도 말했던 것 같아요. 오빠가 자기를 좋아하는 거 처음부터 알고 있었대요. 그런데 그 고백을 육 년 만에 들은 거예요. 오빠가 안타깝기도 하고 껍질을 깨고 나오기를 바라기도 해서 나약한 남자는 싫다고 했대요. 듣다 보니 점점 화가 나는 거예요. 그 여자 말에 틀린 게 없었거든요. 육 년 만에 고백한 것도 맞고 오빠가 소심한 것도 맞고, 도대체 트집 잡을 게 없었어요. 그게 더 화가 났죠. 지금이라면 어떨지 모르겠지만 그때는 그랬어요. 사무실 사람들에게 다 들리도록 소리쳤죠. 당신이란 여자…… 앞으로 엄마라고 부르지도, 만나지도 않을 거야! 회의실이었거든요. 밖으로 나가자는 여자를 회의실로 끌어들인 건 나고요. 스물여섯 살 여자가 중학생 딸을 둘 수 있는지 계산해 볼 새도 없이 그렇게 소리쳤어요. 그래도 그 여자네 회사 사람들은 한동안 궁금해하겠죠. 뒤에서 수군거리겠죠. 내가 생각해도 내가 참 영악했어요. 회의실 문을 박차고 나와 출입문으로 가는데 뒤에서 여자가 불렀어요. 왜요? 시비조로 묻자 여자가 자기 자리로 가더니 편지 뭉치를 꺼내 오더군요. 오빠가 보낸 편지들이었어요. 오빠는 그 여자한테 들려줄 얘깃거리를 만들기 위해서라도 여기저기 돌아다니고 경험을 만들고 사람들을 만났어요. 그 편지들을 내놓은 거예요. 버릴 수 없으니 가져가라고."

거기까지 말한 그녀는 길게 한숨을 내쉬었다. 나는 조용히 기다렸다. 남학생들은 서로의 목을 조르고 엉덩이를 걷어차며 장난을 치고 있었다. 그러면서도 쉴 새 없이 입속으로 어묵을 우겨 넣었다.

"오빠한테 사실대로 말하고 돌아오라고 했어요. 그딴 여자 잊어버리고 새로 시작하라고. 꽤 충격을 받은 것 같았어요. 몇 분 동안이나 말을 못 하더군요. 전화비 나가잖아! 내가 소리쳤어요. 말하려면 얼른 하고 아니면 끊어! 내가 생각해도 참 철이 없었어요. 내가 다그치자 그제야 오빠가 풀이 죽어서 중얼거렸어요. 이왕 나온 김에 조금 더 있다 갈게. 그게 오빠한테서 들은 마지막 말이었어요. 이후로는 전화로 나를 찾지 않았으니까. 대신 엄마한테 편지를 보냈지만. 그때는 자기를 떠돌이 신세로 만든 내가 얄미워서 그럴 거라고 생각했어요. 내가 얼마나 신경을 써줬는데 나하고 연락 끊고 엄마한테로 가버리나, 분하고 어울해서 나도 연락을 안 했죠. 돌아오든지 말든지, 백 일 도보여행을 하든지 말든지 신경 끊었어요. 공부할 것도 많고 학원도 가야 하고 과외도 받아야 했으니까. 사실 그 백 일 도보여행이라는 것도 처음에는 뻥이라고 생각했어요. 여자한테 차이고 자존심 상하니까 큰소리 한번 쳐보는 줄 알았죠. 진짜로 할 줄은 몰랐어요. 오빠가 실종되고 나서야 후회했죠. 그때 돌아오라고 설득했어야 했는데, 백 일 도보여행 안 해도 상관없다고, 그런 거 안 해도 오빠는 충분히 강한 사람이라고 말해 줬어야 했는데, 하는 후회."

"실종된 게 아닐 수도 있잖아요."

나는 그녀의 검정색 링 귀걸이를 향해 말했다.

"누구보다 내가 오빠를 잘 알아요. 나한테는 숨김없이 다 말했으니까. 오빠의 두려움까지도. 실종이 아니라면 벌써 집에 돌아왔을 거예요. 안 그럴 이유가 없잖아요. 실연? 데이트 한 번 못한 여자한테 차였다고 국제 미아가 돼요? 자기 인생을 다 놓아 버려요? 언니라면 그러겠어요?"

나는 대답하지 못했다. 내가 당사자는 아니니까. 하지만 본인 이외에 그 사랑의 깊이를 누가 온전히 알 수 있을까. 좁고 깊을수록 아플 터였다. 상실감도 클 터였다.

"엄마한테는 오빠 의지로 떠난 게 아니라는 말을 못 했어요. 엄마를 포기시키기 위해서라도 말해야 하는데, 그러면 아마 나를 죽일지도 몰라요. 하긴, 엄마의 집념에 내가 질식할 것 같으니까 이러나저러나 마찬가지지만."

그때 다시 남학생들이 여기요, 누나, 그녀를 불렀다. 다 먹었다는 뜻이었다. 그녀가 꼬챙이를 세고 계산을 하는 동안 나는 망설였다. 딸의 말동무가 돼달라던 국제상사 여자의 부탁을 말할까 말까. 그러면 두 사람의 관계가 나아질까 아닐까. 자리로 돌아와 앉으며 그녀가 말했다.

"이렇게 털어놓고 나니 조금은 시원하네요."

"늦게 들어온다고 어머니가 걱정하시던데……."

일단은 간 보기. 엄마 얘기가 나오자 그녀는 신경질적으로 말했다.

"그 집에서 내가 온전한 정신으로 살 수 있겠어요?"

"아르바이트는 왜…… 용돈이 부족한 것도 아닐 테고."

한 번 더.

"부족해요. 그것도 아주 많이. 용돈은 아니지만. 사실 저 동거해요. 엄마한테는 얘기 안 할 거죠? 복학생이에요. 다달이 집세도 내야 하고 이런저런 공과금도 내야 하고 돈이 많이 들어요. 내가 아르바이트해서 둘이 먹고살아요. 오빠는 사학년이라 취업 준비 때문에 일을 못 하니까. 아, 그 오빠 욕 안 해줘도 돼요. 내가 그러자고 했어요. 기숙사에 잘 있는 오빠를 끌어낸 것도 나예요. 왜냐고요? 같이 있고 싶으니까요."

나는 놀랐지만 그런 내색을 하지는 않았다. 대신 이렇게 물었다.

"어머니가 알기라도 하면……?"

"아마 모를 거예요. 그래도 외박은 안 하니까. 거의 매일 새벽에 들어가서 첫차로 나오기는 하지만."

"왜 이렇게 힘들게 살아요?"

진심으로 걱정돼서 물은 말이었다. 단순히 남자와의 동거를 두고 걱정된다는 뜻은 아니었다. 그것보다는 오히려 동거를 하는 이유가 더 미심쩍었다. 그녀의 동거는 어딘지 비정상적으로 보였고, 그녀가 스스로를 혹사시키기 위해, 혹은 벌주기 위해 선택한 방법일지도 모른다는 의심이 들었다.

"정말 힘든 게 뭔지 알아요? 동정의 눈으로 바라보는 그 시선들이에요!"

검정색 마스카라 칠한 눈썹이 바르르 떨렸다. 목소리는 낮았지만 그녀의 분노와 혐오감은 그대로 전해져 왔다. 나는 말할까 말까 망설이던 것을, 그래서 그녀의 엄마와 화해시켜볼까 하던 생각을 꿀꺽 삼켰다. 말해 봤자 비웃음만 살 것 같았다. 그녀가 아무리 관심에 목말라 있다고 해도 그 대상은 내가 아니었다. 나는 그녀를 감당할 수 없었다. 그녀는 내 능력 밖에 있었다. 그러므로 내가 할 수 있는 일은 아무것도 없었다.

나는 왠지 기운이 쭉 빠져서 의자에 앉아 있었다. 그릇에는 어묵 두 개가 남아 있었다. 그때 또 한 무리의 남자들이 들이닥쳤다. 그녀와 남자들이 주고받는 실없는 대화를 건성으로 들으며 나는 국제상사 여자와 비밀 상자와 그녀의 오빠와, 그리고 사격 연습에 푹 빠진 아버지를 생각했다. 생각은 두서없었고, 제멋대로 떠오르고 사라지는 사람들을 나는 마냥 바라보고만 있었다.

우리 집에 도청기

"무슨 약이에요?"

내가 묻자 고개를 젖히고 약을 삼키던 아버지가 화들짝 놀라더니 약봉지를 얼른 주머니 속으로 숨겼다. 나는 위협적으로 묻지 않았으니 아버지는 마치 위협이라도 당한 듯 내 눈치를 살피고 주위를 두리번거렸다. 그런 다음에는 식탁에다 물컵을 내려놓고 허둥지둥 마루로 나갔다. 밤마다 비디오테이프를 돌려 대더라니, 아무래도 첩보영화를 너무 많이 본 것 같았다.

"왜 그러세요?"

아버지를 따라 마루로 나가며 내가 물었다.

"아…… 아무것도 아냐. 근육통이 좀 있는 것 같아서."

이번에도 나는 아버지의 지나친 경계심에 대해 물은 것이었으나 아버지는 마치 내가 빼앗기라도 하듯 약봉지를 윗옷 주머니에서 바지 주머니로 옮겨 넣으며 근육통을 강조했다.

"물파스 드릴까요?"

"아니다. 약 먹었잖냐."

"혹시 마약은 아니죠?"

물론 농담이었다. 아버지가 밤마다 시청하는 첩보영화의 주요 소재 중 하나가 마약이었다. 오며 가며 한 장면 두 장면 보다 보니 어느새 인이 박였는지 나는 가끔 영화 속 내용이 현실 같고 현실이 현실 같지 않은 착각에 빠지고는 했다. 실물로 존재하지는 않지만 어쨌거나 '마약'이 내 일상생활에 깊숙이 침투한 뒤라서 나도 모르게 그런 농담이 나온 것뿐이었다. 그런데 뜻밖에 아버지가 화를 벌컥 냈다.

"늙은 애비가 아프다는데 그딴 소리가 나오냐?"

"죄송해요. 농담이었어요. 그런데 근육통은 왜요?"

"사격은 그냥 하면 되는 건 줄 아니? 완전 중노동이야."

묻지 말아야 할 것을 묻고 만 셈이었다. 당연히 듣고 싶지 않은 대답이 돌아왔다.

"그만두면 되잖아요."

"이런 것도 자식이라고 뼈 빠지게 고생해서 키워 놓은 네 어미가 불쌍하다. 느들이 지금 누구 덕분에 편하게 사는데?"

나는 할 말을 잃었다. 돌아가신 지 팔 년이 되었어도 엄마에 대한 그리움과 미안함은 고스란히 남아 있었다. 하지만……. 차라리 국제상사 여자를 만나지 않는 게 나았을지도 몰랐다. 그녀와 그녀의 가족에 대해 알고 나자 죄책감이 줄기는커녕 오히려 마음만 더 복잡해졌다. 그녀는 행복하게 살고 있지 않았다. 그녀의 딸도 행복하게 살고 있지 않았다. 그녀의 남편은 집 안에 틀어박혀 폐인 같은 생활을 하고 있었다. 그녀의 아들은 생사조차 묘연했다. 그리고 우리는? 아버지는? 경수와 나는? 당한 만큼 갚아 주고 나면 우리는 어떻게 되는가?

마당의 대추나무로 시선을 돌렸다. 여름에는 저게 열매를 맺을 수 있을까 싶었는데 막상 가을이 되자 그동안 보지 못한 자잘한 열매들이 수십 개 매달려 있었다. 그동안에는 왜 보이지 않았는지 알 수 없었다. 어쩌면 이파리 색이랑 같아서 눈에 띄지 않았을 수도 있었다. 지금은 열매가 갈색으로 변해 가는 중이었다. 엄마가 돌아가시기 전에는 대추나무가 너무 어려서, 그리고 돌아가신 뒤로는 아무도 관심이 없어서 한 번도 대추를 따본 적이 없었다. 열리면 떨어지고, 떨어진 것들은 썩어서 다른 나무들의 거름이 되었다.

우리는 어떻게 해야 할까. 엄마는 자신이 당한 만큼 우리가 갚아 주기를 원하는 걸까.

"그 일이 끝나고 나면 우리는 어떻게 되는데요?"

결국 나는 불안해하던 것을 입 밖으로 꺼내고 말았다. 아버지가 대답했다.

"걱정 마라. 너희들은 상관없을 거다."

"아버지는요?"

"내 소싯적 별명이 신출귀몰이었다."

"그럼 기억은 어떡해요? 남들은 몰라도 우리는 알잖아요. 그 기억을 평생 끌어안고 가야 하잖아요."

"나만 끌어안고 가면 된다."

그때 경수가 하품을 하며 방에서 나왔다. 친구들 만난다고 전날 저녁에 나가 새벽에 들어오더니 아침도 굶고 정오가 다 된 지금까지 늦잠을 잔 것이었다. 국제상사에서 일주일 휴가를 받았다고 좋아하더니 하룻저녁도 집에 붙어 있는 날이 없었다. 며칠 전 퇴근해서 돌아온 경수가 잔뜩 흥분해서는 떠들었다.

'나 일주일 휴가 받았어. 가게 분할하는 공사 한대. 사실 우리 가게 너무 크잖아. 이제 사장님도 점점 늙어 가시는데. 사

장님은 일 줄어서 좋고 우리는 휴가 받아 좋고. 누이 좋고 매부 좋다는 말을 이럴 때 쓰나 봐.'

나는 경수가 사용하는 단어들에 주목했다. 우리 가게, 사장님, 늙어 가시는데……. 그 단어들이 며칠 동안 머릿속에서 맴돌았다. 경수가 받을 상처를 생각했다. 지금은 모르겠지만 시간이 지날수록 경수는 자신의 마음 때문에 힘들어할 것이다.

"왜 이렇게 시끄러워? 아빠랑 누나 싸웠어? 왜 그래? 둘 다 얼굴이 부어 가지고."

"그럼 다수결로 해요."

아버지를 쳐다보며 내가 제안했다. 방에서부터 다 듣고 있었는지 경수는 뭐냐고 묻지 않았다. 다만 불안한 시선으로 아버지와 나를 번갈아 살폈다. 아버지는 침묵했고 나는 내친김에 한 번 더 질렀다. 지금이 아니면 다시는 기회가 없을 터였다.

"우리 집 원칙이잖아요. 원칙대로 해요."

아버지의 침묵이 길어졌다. 가끔은 음, 하고 소리를 내기도 했다. 뭔가를 궁리하는 듯 시간을 끌었다. 경수는 화장실이 급하다면서도 엉덩이를 들썩거리기만 할 뿐 차마 일어나지 못하고 아버지를 흘끔거리며 앉아 있었다. 음, 다시 한 번

앓는 소리를 내더니 마침내 아버지가 침묵을 깼다.

"좋아. 어떤 결과가 나오든 이의 달기 없기야."

"네."

내가 대답하자 머뭇거리던 경수도 마지못해 동의했다.

"아직 말 안 끝났다. 만약 안건이 부결된다면 너희들 둘 다 내쫓을 거다. 여기는 내 집이니까 내 맘대로 할 수 있어."

그런 게 어딨어요! 내가 항의했다. 말도 안 돼요! 경수도 억울하다는 표정이었다.

"말 된다. 그동안 방세 안 받고 살게 해준 것만도 고마워해야 할 거야. 내 맘이 언제 변해서 삼십 년 치 방세 내놓으라고 할지 모르니까."

"너무해요, 아빠! 자식한테 방세 받는 부모가 어딨어요!"

경수가 다시 투정 섞인 항의를 했지만 아버지는 대꾸도 하지 않았다. 또 잠시 침묵이 흐른 뒤 아버지가 말했다.

"둘 다 잘 생각하고 결정해라. 자, 이제 시작한다. 반대하는 사람 손들어 봐."

경수가 기권을 외친 것과 내가 손을 든 것은 거의 동시였다. 혹시나 했지만 결과는 내 예상과 크게 다르지 않았다. 집에서 쫓겨난다면 우리는 갈 곳이 없었다. 그 두려움은 나보다는 오히려 경수가 더 컸다. 둘이 힘을 합친다면 못 살 것도 없었지만 경수는 절대 아버지 곁을 떠나지 않을 것이었다.

"일대일이니 기권은 안 된다. 네 의사를 확실히 해."

아버지가 말하자 경수는 울상을 지었다.

"자, 그럼 다시 한다. 반대하는 사람 손들어 봐."

나는 손을 들었고 경수는 들지 않았다. 고개를 푹 숙인 채 경수가 말했다.

"이제 결정 났네요. 찬성하는 사람은 손들지 말기로 하죠. 어차피 결정 났는데, 뭐."

"너도 이의 없지?"

아버지가 내게 물었다. 나는 힘없이 고개를 끄덕였다. 더 몰아붙인다면 경수는 결국 찬성 쪽에 손을 들고 말 것이다. 어떻게 하든 결과를 뒤집을 수는 없었다. 내가 할 수 있는 일이라고는 조금이라도 경수의 마음을 가볍게 해주는 것뿐이었다. 내가 건너다보자 경수가 고개를 돌리며 내 눈을 피했다.

"대신 이거 하나라도 들어주세요."

내가 말했다.

"뭐냐?"

목소리에 권위를 잔뜩 실어 아버지가 물었다.

"제발 살殺……은 하지 마세요. 부탁이에요. 그냥 골탕만 먹이는 수준에서 끝내세요."

포기시킬 수 없다면 수위라도 낮춰야 했다. 눈앞으로 국제상사 여자의 얼굴이 스쳐 갔다. 뒤이어 그녀의 실종된 아들과 어묵을 파는 딸의 얼굴도 스쳐 갔다. 마지막으로 아버지의 리볼버가.

"그 여자도 살, 했다."

그것이 한참 만에 내놓은 아버지의 대답이었다.

아버지는 1953년 충청북도 충주 근처의 한 시골 마을에서 태어났다. 엄마는 1954년, 역시 충청북도 충주 근처의 한 시골 마을에서 태어났다. 같은 동네였고, 초등학교 때까지는 같은 학교에 다녔다. 이후 중학교를 거쳐 아버지는 농고로, 엄마는 여상으로 진학했다. 대학을 갈 게 아니라면 남자는 농고, 여자는 여상이 그 당시 아버지와 엄마가 살던 시골 마을의 전형적인 진학 경로였다. 대학은 처음부터 꿈도 꾸지 않았던 아버지와 엄마도 그 정해진 틀에서 벗어나지 않았다. 아버지가 고등학교를 졸업한 후 방위병으로 군 복무를 마치고 농사꾼이 되었다가 잠깐의 엿장수 시절을 거쳐 배추 장수, 과일 장수로 변신을 거듭하는 동안, 엄마는 읍내 우체국의 '미스 김' 자리를 굳건히 지켰다. 아버지와 엄마가 결혼한 것은 1979년, 아버지가 스물일곱, 엄마가 스물여섯 살 때였다.

결혼 후 아버지와 엄마는 남들처럼 서울로 올라와 달과 가까운 동네의 반지하 단칸방에 둥지를 틀었다. 그때는 그랬다. 모두들 서울로, 서울로 향했다. 말은 나면 제주도로 보내고 사람은 나면 서울로 보내라는 속담이 대유행이던 시절이었다. 서울에 정착한 뒤 아버지와 엄마는 먹고살기 위해 닥치는 대로 일을 하기 시작했다. 아버지는 건설 현장의 막일꾼, 도배장이의 조수, 보일러 설치기사의 조수로 떠돌았고, 엄마는 식당 종업원, 빌딩 청소부를 거쳐 양말 공장에 취직해 몇 년을 보냈다. 상경 직후에 엄마는 읍내에서의 '미스 김'을 꿈꾸며 서울의 우체국들을 찾아다녔으나 받아 주는 곳이 없었다. 우체국뿐만 아니라 새마을금고도 농협도 축협도 엄마한테 눈길조차 주지 않았다. 서울의 유수한 여상을 졸업한 진짜 '미스 김'들이 수두룩했다. 읍 소재지의 여상 졸업생인 엄마를 채용할 이유가 없었다. '미스 김'을 잃어버린 엄마는 새댁을 거쳐 아줌마 혹은 충주댁이 되었다.

아버지와 엄마가 최종적으로 안착한 것은 구두와 양말이었다. 아버지는 수제화를 만들고 판매하는 구둣가게의 직원이 되었고, 엄마는 국제상사 앞에서 양말을 팔기 시작했다. 아버지의 월급이 먹고살기에 부족함이 없었다면 아마 엄마는 양말을 팔지 않았을지도 모른다. 하지만 아버지는 박봉의 월급쟁이에 불과했다. 아버지가 구둣가게에 취직해 제일 처음 한 일은 가게를 청소하고, 숙련공들의 심부름을 하고, 직원들이 먹을 점심을 준비하는 것이었다. 설거지도 아버지의 몫이었다. 아버지는 구두를 잡는 데만 삼 개월이 걸렸고, 수선을 하기까지 다시 삼 개월, 구두 만드는 기술을 배우기까지 또다시 일 년이 걸렸다. 숙련공이 되기 위한 과정은 길고 험난하기 짝이 없었다. 기나긴 세월을 투자해야만 도달할 수 있는 경지였다. 그 경지에 이르지 못한다면 아버지는 영원히 박봉에서 벗어날 수 없었다. 그랬으므로 엄마는 쉬지 않고 일을 해야 했다.

마침내 입사 십 년 만에 아버지는 선배들로부터 숙련공으로 인정받기에 이르렀다. 월급도 올랐다. 이제 좀 살 만해지는가 싶었다. 하지만 영광의 시기는 너무 짧았다. 아버지가 숙련공이 되자마자 이번에는 수제화 산업 자체가 사양길로 접어들고 있었다. 그래서 엄마는 또 쉬지 않고 일을 해야 했다. 위암으로 병원에 입원하기 전까지 엄마는 낮에도 일하고 밤에도 일을 했다. 삼백육십오 일 국제상사 앞에서, 햇빛이 쏟아지면 챙 넓은 모자 하나에 기대어, 추위가 몰아치면 목도리를 목에 둘둘 감고서, 비가 오면 양말에 우산을 양보하고 그것도 모자라 양말이 맞을 비를 등짝으로 막아 내면서,

그렇게 양말을 팔았다.

그날 오후, 노크도 없이 경수가 내 방으로 들어왔다. 나는 쓰고 있던 편지를 재빨리 서랍 속으로 숨겼다. 또 꼬투리를 잡히겠구나 싶었는데 의외로 경수는 잠잠했다. 노크는 하고 들어와야지, 내가 잔소리해도 대꾸가 없었다. 방문과 벽 사이 구석에 무릎을 끌어안은 자세로 앉더니 나를 올려다보았다. 아주 가끔 뭔가 고민거리가 있을 때 경수는 그 자리, 그 자세로 앉아 나를 올려다보고는 했다. 대학 입시에 실패하고 나서 재수를 할 것인가 군대에 갈 것인가 고민할 때도 그랬고, 첫 연애에서 헤어지자는 여자에게 그래도 매달릴 것인가 순순히 놓아줄 것인가 고민할 때도 그랬다.

"왜 그래?"

내가 물었다. 경수는 입을 꼭 다물고서 나를 쳐다보고 있었다. 아니, 경수가 뭘 보고 있는지는 알 수 없었다. 다만 방향이 내 쪽을 향하고 있었을 뿐.

"저녁 뭐 먹고 싶어? 우리도 나가서 먹을까?"

아버지는 조금 전 이씨 아저씨를 만난다며 나갔고 저녁까지 먹고 들어올 테니 기다리지 말라고 했다. 모처럼 주방에서 해방될 수 있는 기회였다. 그리고 밥에서 벗어날 수 있는

우리 집에 도청기 139

기회이기도 했다.

"아빠…… 아무래도 근육통 아닌 것 같아."

그렇게 말해 놓고 경수는 고개를 푹 숙였다가 잠시 후 다시 들었다.

"누나는 어떻게 생각해?"

"근육통이 아니면 그럼 뭐라는 거야?"

"사격 연습 좀 한다고 몇 달씩 근육통이 계속되진 않거든. 그리고…… 아빠가 좀 이상해."

"뭐가?"

"몇 번 나한테 약 먹는 걸 들켰거든. 그런데 그때마다 깜짝 놀라더라고. 보여 달라고 해도 안 보여 주고. 아빠 출근했을 때 내가 몰래 아빠 방에 들어가 봤어. 문갑에 잠긴 서랍이 두 개야. 원래 하나였잖아. 아마 서랍 하나에는 약이 들었을 거야. 열쇠로 잠가 놓고 우리 몰래 먹는 것 같아."

하긴 나도 이상하긴 했다. 마약은 아니죠? 농담을 했을 때 아버지는 지나치게 화를 냈다. 단순히 근육통 약이라면 그렇게 민감하게 반응하지 않았을 거라는 생각이 들었다.

"얼마 전까지는 첩보영화만 보더니 이제는 멜로야. 첩보도 안 어울리지만 멜로는 더 그렇잖아. 아빠처럼 나이 든 사람이 저녁마다 비디오 가게에 들러서 멜로물을 고른다고 생각해 봐. 안 이상해?"

나는 모르고 있었다. 아버지가 밤마다 심취해 있는 게 여전히 첩보영화인 줄 알았다. 최근에는 다른 데 신경 쓰느라 아버지에게 무심했던 것도 있었다.

"누나는 몰랐어?"

"응. 그러고 보니……."

"뭐 생각나는 거 있어?"

"오래 못 살지 싶다 했잖아, 아버지가. 유월인가 칠월인가."

기억 안 나, 그래 놓고 경수가 얼른 덧붙였다.

"그럼 정말 무슨 병이 있다는 소리네? 그게 그냥 한 말이 아니라는 거잖아?"

정말 그런가? 생각해 보니 몇 달 사이 아버지가 조금 초췌해진 것 같기도 했다. 식사량과 잠이 줄고 텔레비전 앞에 붙어 있는 시간은 늘었다. 술을 마시는 횟수도 조금 늘었다. 그런데 주량은 또 줄었다. 마실수록 느는 게 주량이라고들 하지만 아버지는 그 반대였다. 이제는 반병도 다 마시지 못하고 취했다. 변하는 또 있었다. 눈에 띄게 말수가 줄었다. 원래도 말이 많은 편은 아니었지만 최근 더욱 과묵해진 아버지는, 아닌 게 아니라 무슨 병이 있는 것처럼 보이기도 했다.

"어떡하지 누나? 정말인가 봐! 갑자기 엄마 복수를 하겠다는 것도 그렇고!"

경수가 자리에서 벌떡 일어나며 소리쳤다. 볼은 붉게 달아올랐고 눈은 금방이라도 뭔가를 쏟아 낼 것처럼 촉촉해져 있었다.

"아직은 몰라. 일단 무슨 약인지 알아보자."

"열쇠가 있어야 말이지!"

"아버지 잘 때 네가 살짝 빼봐. 아마 바지 주머니에 있을 거야."

"그걸 무슨 수로 빼? 아니면 수면제를 먹일까?"

경수가 다시 자리에 주저앉았다. 잠깐 생각하다가 내가 말했다.

"차라리 술이 낫지 않을까? 수면제는 위험할지도 모르고."

"오늘 밤!"

경수가 외쳤다. 나도 그 생각을 하고 있었다. 이씨 아저씨를 만난다면 아버지는 분명 술을 마시고 들어올 것이다. 문제는, 경수가 말했다.

"아빠가 취해서 들어오지는 않을 거란 거지. 취했더라도 오는 동안 다 깰 거라고."

"그럼 다시 먹이지, 뭐."

"어떻게?"

"다 방법이 있어."

방법이 있다고 큰소리쳤지만 결과적으로 우리는 실패했다. 술을 먹이는 데까지는 성공했다. 그날 밤, 경수와 나는 차가운 맥주와 마른안주를 준비해 놓고 아버지를 기다렸다. 대문 열리는 소리가 들린 순간 우리는 상 앞에 앉아 맥주를 마시는 척했다. 마루로 올라서던 아버지가 게슴츠레하게 눈을 뜨고는 우리를 쳐다보았다. 오랜만에 경수하고 한잔하고 있었어요, 내가 얼른 설명했다. 이어 경수가, 아빠도 오세요, 하며 아버지의 바짓가랑이를 붙들었다. 이거 놔, 바지 내려가, 하는 아버지를 위해 나는 새 유리잔을 가져오고 새 맥주를 땄다. 그러고는 쿨렁쿨렁 소리가 나도록, 보글보글 순백의 거품이 일어나도록 유리잔에다 맥주를 따랐다. 아버지로서는 거부하기 힘든 유혹이었다. 역시나. 아버지가 자리에 앉으며 말했다.

"그럼 한 잔만 더 할까?"

한 잔이 두 잔 되고, 두 잔이 석 잔이 되었다. 게다가 아버지의 위 속으로 들어간 맥주 한 잔은 석 잔도 되고 넉 잔도 될 터였다. 이전에 마신 술들과 섞여 상승효과를 낼 테니까. 두 잔째부터 아버지의 말이 조금씩 꼬이기 시작했다. 석 잔을 마셨을 때는 상체가 약간 흔들렸다. 넉 잔째는 고개가 자꾸만 아래로 떨어졌다. 머지않았다는 것을 알 수 있었다. 그것 보라는 듯 회심의 미소를 지으며 경수가 다섯 잔째 맥주를 따랐다. 그때였다. 아버지가 손을 내저으며 자리에서 일어났다. 꼬인 혀가, '내일 출근해야지'를 불분명한 발음으로 내놓았다. 방으로 들어가려는 아버지를 경수가 잡으며, '어디 가세요?' 물었다.

"어디 가긴? 방으로 가지. 넌 눈 달고 뭘 보냐?"

"원래 마루에서 주무시잖아요."

내가 얼른 거들었다. 아버지는 어제까지도 마루에서 잠을 잤다. 아마 술에 취해 잊어버린 모양이었다.

"늙은 애비더러 한겨울에 마루에서 자라고?"

지금이 무슨 한겨울이에요, 항변하는 내 말은 아버지가 닫는 방문 소리에 잘려 버렸다. 다음 순간 딸깍, 하는 소리. 뭐야? 묻는 경수의 눈이 커다래졌고 그것은 나도 마찬가지였다. 어리둥절한 얼굴로 경수가 속삭였다.

"어떻게 알았지? 아빠 독심술 하는 거 아냐?"

갑자기 그런 능력이 생길 리 없었다. 아버지가 원래 방문을 잠그고 잤던가? 내가 중얼거렸다.

"몰라. 누나는?"

"나도 모르지."

"가족끼리 자면서 방문까지 잠그다니 아빠 참 너무하네."

아무래도 이상했다. 겨울 한 철을 빼고는 세 계절 내내 아버지는 마루에서 잠을 잤다. 가끔은 겨울에도 마루에서 잘 때가 있었다. 원래 갑갑한 걸 참지 못하는 사람이었다. 좁은 집에 방이 세 개나 되었다. 방마다 크기가 바늘집만 할 수밖에 없었다. 언젠가 경수가 투덜거렸다.

'그래도 아빠 방은 영한사전만 하잖아요. 누나는 소설책만 하고. 내 방은 완전 시집이야.'

안방만 빼고는 저나 나나 그 방이 그 방인데도 투덜거림은 꽤 오래갔다.

우리가 단칸방에서 오글오글 몸을 붙이고 자던 시절에도 아버지는 혼자 마루로 떨어져 나갔다. 여름에는 그런 아버지가 부러웠고 겨울에는 안쓰러웠다. 그때는 마루가 난방이 되지 않아서 강추위가 몰아친다는 보도가 있을 때면 아버지도 어쩔 수 없이 방으로 들어와 다들 차렷 자세로 잠을 잤다. 하지만 지금은 어떤가. 구석구석 보일러 관이 깔리지 않은 곳이 없었다. 마루라고 해서 방보다 심하게 춥지도 않았다. 벽이 아닌 유리문이니 그저 찬 바람 조금 더 들어올 뿐이었다. 게다가 지금은 시월 중순. 아직 아버지가 방으로 들어갈 때가 아닌 것이다. 거기다 사춘기 소년도 아니고 방문까지 잠그다니. 그때 불현듯 생각나는 게 있었다.

"도청기! 도청기를 설치해 놓은 거 아닐까?"

그러자 맥주를 마시던 경수가 심드렁하게 대꾸했다.

"그러니까 도대체 왜?"

"추리소설에서 본 것 같아. 어쩌면 다른 데서 봤을 수도 있고. 주인공이 자기 집 거실에다 도청기를 다는 거야. 형사들이 오면 알 수 있게. 이 사람, 집으로 들어가기 전에 항상 녹음된 내용을 들어. 이상한 낌새가 느껴지면 도망가려고. 물론 현관문 밖에도 달아 놨지. 자기가 집 안에 있을 때를 대비해서. 그런데 매일매일 녹음하고 들어도 형사들이 안 와. 이 사람은 점점 초조함에 시달리며 말라 가고. 그런데 어느 날, 다른 소리들이 찾아오는 거야."

"누나! 내용은 됐고. 그럼 아빠도?"

그렇게 묻는 경수의 눈이 긴장으로 반짝거리고 있었다.

"독심술을 할 리가 없잖아."

경수가 입 모양으로 쉿, 하며 손가락을 입술에 갖다 댔다. 휴대폰을 꺼내 진동으로 바꾸며 내게도 그렇게 하라고 손짓했다. 그런 다음 문자메시지를 보냈다.

―지금 이것도 듣고 있을지 몰라. 앞으로는 문자로 말해.

─못 들었을 거야. 아버지 들어가고 나서부터 우리 계속 소곤거렸잖아.

─이제 어떡하지?

─수면제도 물 건너갔다고 봐야지. 그리고 도청기 얘기 아버지한테 하지 마.

─왜?

─그냥 모르는 척하는 게 나을 것 같아.

─그나저나 아빠 병은 어떻게 알아내?

─나라고 지금 당장 무슨 방법이 있니? 일단 자고 내일 생각하자.

한숨을 내쉬며 자리에서 일어나 방으로 들어가려는 경수에게 나는 재빨리 문자를 날렸다.

─같이 치우고 가.

─누나가 해. 하루 종일 머리 썼더니 피곤해.

─나는 안 피곤하니? 나는 머리도 쓰고 힘도 썼어. 술상 내가 차렸잖아.

─알았어, 알았어. 누나가 돼가지고 치사하다 정말.

─그럼 네가 밥하고 반찬 만들어. 내가 술상 치울게.

—쳇, 하라면 못할까 봐? 대한민국 육군 취사병 전역을 어떻게 보고.

대화를 주고받고는 있었지만 우리는 서로의 얼굴은 보지도 않고 각자의 휴대폰에만 고개를 처박고 있었다. 조그마한 창에 뜬 문자를 읽고 또 글자판을 눌러 답을 보내기에도 정신없이 바빴던 것이다.

다음 날 아침 경수와 나는 눈에 띄게 어색하게 굴었다. 도청기가 듣고 있다고 생각하니 자연스럽게 말이 나오지 않았다. 나의 경우, 소심한 연기 지망생이 심사관들 앞에서 테스트를 받는 것처럼 경직돼 있었다면, 경수는 종갓집 할아버지를 만난 듯 행동거지며 말투가 깍듯해졌다. 아니, 어쩌면 심사관이나 종갓집 할아버지를 대할 때보다 더한지도 몰랐다. 한 번 뱉어지면 잠시 머물다 날아가는 게 말이건만 도청기란 놈은 곱씹고 또 곱씹을 수 있다는 점에서 그들보다 더욱 껄끄러운 존재였다. 우리의 부자연스러운 언행은 마루와 가까워질수록 더 심했는데, 그것은 도청기의 설치 장소로 우리가 이심전심 마루를 꼽고 있었기 때문이었다.

아버지는, 태연했다. 아니, 목에 깁스를 했느냐는 둥 생선 가시가 박혔느냐는 둥 우리에게 핀잔주는 것을 잊지 않았던 걸 보면, 어쩌면 즐기고 있었는지도 모르겠다. 그날 아침 경수와 내가 밥상머리에서 주고받은 마지막 대화는 이런 것이었다.

"누님, 된장찌개가 너무 짜옵니다. 이러다 위가 상하겠어요."

"얘, 누님 소리 들으니 두드러기가 나는구나. 당장 그만두지 않으면 저녁에는 소금국을 먹게 할 거야."

그때 아버지가 한마디 툭, 내뱉었다.

"지랄들 한다."

작별을 고함

그녀는 편지를 읽고 또 읽었다. 기대했던 표정 변화는 없었다. 그래서 더 조마조마했다. 혹시 글씨체를 알아보는 것은 아닐까. 아니면 내용이 너무 부실한가. 나는 그녀를 살피느라 내 앞에 놓인 물조차 제대로 마시지 못했다. 아들의 마지막 편지치고는 다소 무미건조하고 짤막한 면이 없지 않았다. 어쩔 수 없었다. 꼬리가 길면 잡히듯이 편지가 길면 들통나게 돼 있었다. 내가 사흘 동안이나 고생해서 쓴 편지의 내용은 이런 것이었다.

이 편지를 읽을 때쯤이면 아마 엄마도 알고 있겠죠. 미리 말

씀 못 드려서 죄송해요. 엄마한테 말하면 반대할 것 같아서요. 그러면 제 결심이 흔들릴지도 모르고. 아, 처음부터 이러려고 집을 떠난 건 아니었어요. 세상을 돌아다니다 보니 그동안 제가 얼마나 안일하게 살았는지 깨닫게 되더군요. 그래서 이제부터는 좀 다르게 살아 보려고요.

저는 당분간 뉴질랜드에서 지낼 계획이에요. 제 힘으로, 누구의 도움도 받지 않고. 벌써 농장에 취직도 했어요. 포도 따는 일이에요. 생각보다 힘들기는 하지만 보람도 있고, 재미도 있고, 사람들도 다 좋아요. 주인아저씨 부부는 마치 저를 아들처럼 대해 주세요. 그리고 엄마, 놀라지 마세요. 여기 포도가 얼마나 큰지 몰라요. 저는 처음에 수박인 줄 알았다니까요! 포도 한 알이! 말로만 듣던 수박 나무가 정말 있긴 있구나! 우하하하, 농담이에요. 엄마도 재밌죠?

이곳에서 얼마나 머물지는 저도 몰라요. 익숙해지면 또 낯선 곳을 찾아 떠나겠죠. 그게 제가 집으로 돌아가지 않는 이유니까요. 새로운 곳에서 새로운 사람들을 만나 새로운 경험을 하는 것! 지금이 아니면 평생 이런 기회가 없을 거란 생각이 들어요. 그래서 하루하루 열심히 살려고요.

저는 밥도 잘 먹고 아주 건강하답니다. 제 걱정은 마시고 엄마도 잘 지내세요. 그리고 미안해요, 엄마.

때가 되면 돌아갈게요. 그때까지 안녕히 계세요.

　　　　　　　　　　　　　　　- 엄마 아들 원호 올림

'때가 되면 돌아갈게요.'

 그 '때'가 올 때까지 그녀가 이 세상에 살아 있을 수 있을까. 장담할 수는 없었다. 하지만 나는 고심하다 그 문장을 넣기로 했다. 유효기간이 언제까지일지는 몰라도 그 문장이 그녀에게 희망을 줄 것이므로.

"고생했네."

 편지에서 시선을 들지 않은 채 그녀가 말했다. 나는 대꾸하지 못했다. 여전히 마음이 조마조마했다. 고생했네, 하는 말이 상자를 열기 위해 고생했다는 것인지, 남의 편지를 대신 쓰느라 고생했다는 것인지도 알 수 없었다. 사실 고생이라는 면에서 나는 할 만큼 했다. 상자를 열기 위해서, 또 망가진 상자를 원래대로 만들기 위해서, 그리고 그녀의 딸에게서 전해 받은 편지를 앞에 놓고 글씨체를 연습하느라.

"고마워."

 다시 그녀가 말했다. 나는 또 대꾸하지 못했다. 여전히 그녀의 진의를 파악할 수 없었다. 그녀의 무덤덤한 얼굴이 그 어떤 짐작도 하지 못하도록 만들고 있었다. 눈물, 격정, 혹은 분노, 그 어느 것 하나 맞아떨어지지 않았다. 무덤덤함이라니, 그녀는 분명 별종 아니면 독종임에 틀림없었다. 그녀가 말했다.

"더 이상 이 상자에 매달리지 않아도 되도록 해줘서."

아, 상자 얘기였구나. 나는 조마조마하던 마음을 내려놓았다. 하지만 그녀의 얘기는 아직 끝난 게 아니었다. 물을 한 모금 마신 뒤 그녀가 말했다.

"나한텐 이게 희망 상자였어. 매달릴 게 이거밖에 없었지. 다른 사람들한텐 미련한 집착으로 보였겠지만. 자식 잃은 어미로 동정받고 싶은 마음도 아주 없지는 않았을 테고. 속엣것을 털어놓고 나면 조금쯤 시원하기도 했고. 기세 좋게 덤벼들었다가 이틀도 못 가서 나가떨어지는 사람들 보면, 봐 니들이라고 별수 있냐, 통쾌하기도 했고."

그녀가 무슨 말을 하려는지 도무지 짐작이 가지 않았다. 고맙다고는 했지만 고마워하는 것 같지도 않았다. 오히려 희망 상자를 열어서, 혹은 부숴서, 그 결과로 희망을 앗아 간다고 책망하는 소리처럼 들렸다. 그래서 고심 끝에 편지를 준비하지 않았나. 이제 상자에서 편지로 희망을 옮기기만 하면 될 게 아닌가. 의심하지 말고 온 마음을 바쳐 편지로 투신하면 될 게 아닌가. 당신에게 필요한 건 어차피 희망 아닌가 말이다. 나는 조금쯤 억울했다.

"왜 내 아들만…… 싶었지. 다른 집 아들들은 잘만 살아 있는데 왜 내 아들만. 억울했어. 밥을 먹어도 억울했고 잠을 자도 억울했고 길을 걸어도 억울했고 남의 집 아들이 잘나도 억울했고 못나도 억울했어. 대학도 못 가고 시장바닥에서 원단이나 나르는 남의 집 아들을 보고 있으면 저런 놈도 살아 있는데 왜 내 아들만…… 싶었고, 스물여섯에 벌써 애 딸린 가장이 돼서 툭하면 애 엄마랑 싸움질이나 해대는 놈을 봐도 저런 밑바닥 인생도 살아 있는데 왜 내 아들만…… 싶었어. 다리 한쪽 없는 아들, 팔 하나 없는 아들, 평생 누워서 부모 수발 받아야 하는 아들, 취직도 못하고 집에서 빌빌거리는 아들, 부모 패는 아들, 사람 죽이는 아들, 용돈 안 올려준다고 집에 불 지르는 아들…… 그런 놈들도 잘만 살아 있는데…… 왜? 왜 내 아들만? 내 아들이 뭘 잘못했기에?"

그녀는 격정적이지 않았다. 분노에 휩싸여 있지도 않았다. 눈물과도 거리가 멀었다. 담담한 목소리. 아마도 육 년이라는 시간이 흐르는 동안 격정과 분노와 눈물이 탈색된 것 같았다. 다만 한 가지 알 수 없는 것은 이런 얘기들을 왜 하는가였다.

"이 상자, 아들이 일본에 있을 때 보낸 거야. 말하자면 뉴질랜드에 가기 전이지. 그러니 당연히 농장에 취직도 안 했을 테고, 포도를 따는 일도 없었겠지. 누나는 그것까지는 생각 못 했을 거야, 그렇지?"

그녀의 말이 맞았다. 그것까지는 생각하지 못했다. 상자가 하코네에서 생산된다는 건 알고 있었지만 여는 데만 온 정신이 쏠려서 그걸 보낸 시기 같은 건 따져 볼 생각도 못 했다. 그녀의 딸에게 한 번만 물어봤어도 됐을 것을. 사소한 실수 때문에 사흘 동안의 고생이 물거품이 되었다. 그녀를 볼 낯도 없었다. 의도가 어떠했든 나는 거짓말을 했고 그녀를 속이려고 했다. 그것도 상자를 부순 것에 대한 값을 치른다는 심정으로. 내가 조금만 더 치밀했다면 그녀에게 희망을 줄 수 있었을 텐데.

실수를 자책하던 나는 문득 그녀를 보았고 뒤늦게 의문이 들었다. 그렇다면 그녀는 진작부터 알고 있었다는 말이 아닌가. 그런데도 왜 이리 침착한 거지? 들은 대로의 그녀라면 화를 내도 벌써 내야 했다. 사람 놀리는 거냐고 악을 써야 했다. 십분 정상을 참작해서 화를 누르고 있다면 상자 안에 뭐가 있었느냐고, 얼른 내놓으라고 다그쳐야 했다. 들은 대로의 그녀라면. 내가 뭔가 변명의 말을 하려는데 그녀가 먼저 얘기를 시작했다.

"솔직히, 나 알고 있었어. 진작 엑스레이로 들여다봤지. 궁금해서 견딜 수가 있어야 말이지. 왜 안 그렇겠어. 아들이 죽었는지 살았는지도 모르는 판국에 언제 그걸 열고 앉았느냐고. 세상에 그런 부모는 없어. 엑스레이라는 기계가 없었다면 누나처럼 부숴서라도 안을 봤을 거야. 이 상자, 꽤 그럴듯하게 생겼잖아. 마치 꼭 유서나 뭐, 그 비슷한 게 들었을 것처럼."

그렇게 말하며 그녀가 살짝 미소 지었다. 이번에는 내가 배신감을 느낄 차례였다. 그녀가 상자 안을 들여다봤다는 말을 듣는 순간 나는 호흡이 가빠졌다. 얼굴로 열이 뻗쳐올랐다. 그럼 나는 뭐지? 그동안 들인 시간과 마음고생과 불면은 다 뭐지? 배신감과 억울함이 밀려왔다. 마음은 끓는 양은냄비 속인데 나는 고작 이렇게 묻고 있었다.

"그럼 왜 저한테……?"

내가 생각해도 내가 참 한심하게 여겨지는 순간이었다. 이 소심함이라니.

"위로받고 싶었나 봐. 사람들이 내 아들을 기억해 주길 바란 건지도 모르고."

"그래서 위로가 되었나요?"

자리를 박차고 일어나고 싶은 마음과는 달리 나는 또 고작 그렇게 묻고 있었다.

"잘 모르겠어."

"하."

"오해했구나, 누나. 그런 데서 찾아질 위로가 아니라는 뜻이었어. 막상 열리고 보니 위로보다는 오히려 뭐랄까, 허망하달까, 신기루를 잃어버린 듯한 느낌? 사실, 이런 경우가 없었어. 수십 명이 거쳐 갔지만 이걸 연 사람은 누나가 처음이야. 부숴서라도 말이지. 사람들은 그런 생각을 못 해. 겁이 많거든. 책임질 일은 절대 안 하지. 어쩌면 나는 위로받고 싶은 게 아니라 원망을 하고 싶었는지도 몰라. 원망의 대상을 찾고 있었는지도. 바보 같은 놈들, 이깟 상자 하나도 못 열면서 뭐가 잘났다고 떠들어? 니놈들은 아들딸 안 죽이고 평생 잘 지킬 것 같아? 그렇게 비웃어 주고 싶었나 봐."

그녀는 한숨을 내쉬며 고개를 떨어뜨렸다. 그 자세로 한동안 가만히 있었다. 침묵이 흘렀다. 아들 잃은 그녀의 심정이 이해 안 되는 건 아니지만 그래도 나는 억울했다. 속인 건 내가 아니라 바로 그녀였다. 나는 물을 마시며 그녀를 바라보았다. 다음 순간 내가, 아드님 일은 누구의 잘못도 아니에요, 하고 말한 것은 순전히 탈모가 진행 중인 그녀의 정수리 때문이었다. 나보다 키가 커서 그동안 몰랐을 뿐, 오백 원짜리

동전만 한 탈모 외에도 희끗한 머리카락 사이로 머릿밑이 훤히 들여다보였다. 그걸 보는 순간 나도 모르게 마음이 약해졌다. 그녀가 고개를 들며 말했다.

"하 군하고 누나 보면서 이런저런 생각 많이 했어. 하 군 보면 아들 생각나고, 누나 보면 잊어버리고 있던 딸 생각나고. 딸이 누나 반만 따라가도 좋을 텐데, 뭐, 이런 생각도 하고. 딸을 위해서라도 이제 아들을 잊어야겠다는 생각도 들고. 아들을 잃었어도 내겐 남은 자식이 있었는데 몇 년 동안 그 자식을 잊고 살았어."

나는 말없이 고개를 끄덕였다. 입을 꼭 다문 채 꼬챙이에 어묵을 꿰던 딸의 모습이 눈앞으로 스쳐 갔다. 그녀에게 말해 줄까 말까, 그녀의 딸이 짊어진 마음의 짐을 얘기할까 말까 망설이는데 그녀의 말이 이어졌다.

"누나 덕분이야. 내가 누나한테 신세를 많이 졌어. 그래서 말인데 내가 뭐 해줄 건 없고 가게 한번 해볼 생각 있어?"

"네? 무슨 가게요?"

"나도 이제 늙어 가고 하니 남은 자식도 챙겨야겠고, 그래서 가게를 반으로 줄였어. 남은 반을 쪼개 자그마한 점포 세 개를 만들었지. 누나가 하나 해봐. 괜찮은 이름 만들어 걸고 새댁들 모아서 가르치면 되잖아. 요즘 그런 거 배우려는 사람이 많다며? 학원보다야 자기 가게가 낫겠지. 누나한테는 보증금 없이 싸게 놓을게."

 경수가 말했을 것이다. 경수가 말하지 않았다면 그녀가 어떻게 알겠는가. 오래전부터 나는 내 가게를 갖고 싶어 했다. 전공자는 아니지만 나는 나름대로 실력이 괜찮은 편이었다. 그러나 실력은 실력일 뿐이었다. 기타 부대비용은 제쳐 두더라도 보증금조차 마련할 수가 없었다. 몇 번 아버지를 조르다 결국 포기했다. 아버지라고 별수가 있는 것은 아니었다. 방법은 대출뿐이었는데, 집을 담보로 대출을 받자는 내 부탁을 아버지는 일언지하에 거절했다. 그것도 모자라 스스로 방안에 갇혀서는 하루 종일 밖으로 나오지 않았다. 결근, 결식은 물론이었다. 나는 가게를 내겠다는 계획을 접었다.

 수치심에 얼굴이 벌겋게 달아오르는 게 느껴졌다. 나는 고개를 숙인 채 간신히 말했다.

 "안 들은 걸로 하겠습니다."

 "부담 갖지 말고 한번 해봐. 보증금이 정 마음에 걸리면 돈 벌어서 내면 되잖아."

 "아뇨, 괜찮아요."

 "그래? 아쉽네. 난 누나가 했으면 싶었는데. 우리 딸도 좀 잡아다 가르치고."

"저는 하은수라고 합니다. 누나가 아니라."

아마 자존심이 상해서 그랬을 것이다. '누나' 소리를 듣는 순간 이미 진창에 빠진 자존심에 다시 똥 한 바가지를 뒤집어쓴 듯 혐오감이 밀려왔다. 내내 갖고 있었지만 차마 표현하지 못했던 거부감이 마침내 툭, 튀어나왔다. 하지만 그녀는 내 기분은 아랑곳없이 천진하게 대답했다.

"그러고 보니 우리 서로 이름도 몰랐네. 나는 황명순이야. 어릴 때는 아이들이 명순이라고 불렀지. 그게 그렇게 듣기 싫었는데. 이제는 내 이름을 아는 사람도 거의 없어."

나는 일어나고 싶었다. 일이 있다는 핑계를 대고 정말 일어나려고 했다. 하지만 일어나려는 순간 종업원이 내 앞에다 유자차를 내려놓았다. 그녀 앞에도 유자차가 놓였다. 진작 주문한 차가 이제야 나온 것이었다. 일어나려던 마음이 목대 꺾인 강아지풀처럼 힘없이 주저앉았다. 그녀는 뜨거운 유자차를 후루룩, 하아, 쩝, 소리를 내가며 마셨다. 그 모습을 보자 예전부터 묻고 싶었으나 차마 묻지 못했던 것이 생각났다. 이번이 마지막 만남이었다. 지금이 아니면 영원히 묻지 못할 것이었다. 나는 용기를 냈다. 상처 입은 자존심이 외려 비뚤어진 용기가 돼서 돌아왔다. 나는 심호흡을 한 뒤 물었다.

"혹시 예전에 국제상사 앞에서 양말 팔던 분 기억하세요?"

작별을 고함 161

"양말? 그건 왜?"

"아, 수강생 한 분이 그러더라고요. 천 뜨러 여기 자주 온다고 했더니 자기 어머니가 몇 년 전에 국제상사 앞에서 양말을 팔았다고. 리어카라고 했던가? 뭐, 그런 데서."

"기억하지."

찻잔을 내려놓으며 그녀가 대답했다. 유심히 살폈지만 표정 변화는 없었다. 오히려 내가 표정을 단속해야 할 판이었다. 나는 마음속으로 학원 원장을 생각했다. 월급이며 복지는 몇 년째 그대로인데 수업시간은 점점 늘어나는, 학원의 이상한 운영 방침에 대해 생각했다. 그러자 마음이 가라앉았다.

"그분은 어떤 분이셨어요?"

"아마 죽었을걸? 나도 얘기만 들어서 잘은 모르지만. 내가 많이 도와줬지. 철 따라 애들 입히라고 옷도 주고. 종종 학용품 같은 것도 나눠 주고. 우리 애들이 공부를 잘했거든. 학용품 같은 걸 많이 받아 오더라고. 우리야 그런 거 없어도 되니까 어려운 사람한테 줬지."

"더 기억나는 건 없으세요?"

"글쎄, 뭐가 있을까. 아, 불쌍한 여편네 도와주는 셈 치고 내가 우리 가게 앞에서 장사하라고 했구나. 어디서 흘러들어 왔는지는 모르겠지만 그 전엔 고무다라이에다 양말을 담아 갖고 다니면서 팔더라고. 그 여편네 참 생각도 없지. 떡도 아니고 김밥도 아니고 누가 다라이에서 양말 산다고."

나는 조용히 심호흡을 한 뒤 물었다.

"또 다른 건요?"

"또 다른 거? 왜? 혹시 수강생 얘기 아닌 거 아냐? 맞구나? 애인이야?"

"아니, 뭐……."

나는 굳이 부정하지 않았다. 그러자 그녀의 얼굴이 활짝 펴지더니 끌끌, 소리 내며 웃었다.

"맞나 보네? 가만, 또 뭐가 있지? 좋은 얘기를 해줘야 할 텐데. 보자…… 그 여자가 종종 우리 가게로 와서 같이 밥 먹고는 했지. 대신 설거지하기로 하고. 그때는 지금보다 경기가 훨씬 좋았어. 좋은 시절이었어. 직원들도 나도 밥 먹고 트림할 시간도 없을 정도로 바빴으니까. 지방에서 물건 떼러 오는 사람들도 많았고."

"그랬군요."

"아, 하나 기억나는 게 있네. 우리 가겟방 있잖아, 거기서 저녁을 먹는데 이 여자가 들어오지는 않고 밖에 서서 머뭇거리고 있는 거야. 얼른 먹고 치워야 하는데. 아, 안 들어와? 소리쳤더니 주섬주섬 들어오는데 이건 완전 가관이야. 신고 있는 양말 꼬라지가 앞뒤로 안 기운 데가 없어. 덕분에 한바탕 신 나게 웃었지. 양말 장수가 양말 기워 신는다고."

나는 얼굴을 붉히지 않기 위해 노력했다. 가빠지려는 호흡을 정상 수준으로 끌어 내리기 위해 마지막 순간에 포기해야 했던 가게를 떠올렸고, 만들다 둔 옷을 생각했다.

"또 다른 건요?"

"가만 있자, 아, 하나 생각나는 게 있네. 숫기 없는 여편네가 그날은 웬일로 용기를 냈는지 몰라. 그래서 기억하나 봐. 우리 집 양반하고 한창 싸우고 있는데 이 여자가 기웃기웃 들어오더니 돈 좀 빌려 달라는 거야. 아이고, 눈치도 없어라. 징글징글해. 돈이 뭔지. 딸이 수학여행을 간대나 뭐래나. 돈 다발 던져 주고 다시 싸웠어. 부부싸움 하다 돈 빌려 준 사람은 세상천지에 나밖에 없을 거야."

말을 마친 뒤 시원하게 물을 들이켜는 그녀는 뭔가를 잘못 기억하고 있거나 아니면 거짓말을 하고 있었다. 그때 나는 수학여행을 가지 못했다. 내 앨범에는 중학교 시절의 수학여행만 빠져 있었다. 그날 밤 늦게 돌아온 엄마는 미안하다고 말하며 힘없이 웃었다.

"또 다른 건요?"

"혹시 결혼까지 생각하는 거야? 내가 총명하다는 소리

는 제법 들었지만 세월이 하도 흘러서……. 그러고 보니 또 생각나는 게 있네. 하루는 어떤 손님하고 싸움이 붙었는데 이 여자가 말 한마디 못 하고 고스란히 당하고 있는 거야. 한 번 신었는데 양말에 구멍이 났다고 이 손님이라는 작자가 길길이 날뛰더라고. 아, 그거야 제 사정이지. 그 양말 신고 못을 밟았는지 자갈길을 걸었는지 알게 뭐야. 보고 있자니 내가 답답해서 죽을 지경인데 어떡해. 나가서 한바탕 퍼부어 줬지. 그랬더니 찍소리 못 하고 도망을 가데. 아, 그리고 또……."

그녀는 유자차와 물을 번갈아 마시며 얘기를 이어 갔다. 기억나지 않는다면서도 얘기는 끝날 줄을 몰랐고, 세월이 흘렀다면서도 마치 어제 일인 듯 생생하게 재현해 냈다. 그렇게 호출되어 온 과거가 죄인처럼 무릎 꿇린 채 탁자 위에 쌓이고 있었다. 어디까지가 진실이고 어디서부터가 왜곡인지는 알 수 없었다. 확인할 방법도 확인할 마음도 없었다. 엄마의 기운 양말만큼이나 궁상맞은 과거들을 나는 마음으로 쓰다듬고 눈으로 어루만졌다. 국제상사 여자가 엄마의 과거를 불러내면 불러낼수록 내 마음에는 이후 그녀의 부탁에 절대 응하지 않으리라는 다짐과 오기가 쌓여 갔다. 아니, 내가 다짐과 오기를 쌓기 위해 그녀를 부추기고 있었다. 그렇게 나는 국제상사 여자와 작별을 고했다.

땅굴 혹은 방공호

 국제상사를 그만둔 이틀 뒤부터 경수는 마당에다 땅굴을 파기 시작했다. 방공호! 경수가 정정해 줘도 내게는 여전히 땅굴일 뿐이었다. 땅굴은 본 적이 있지만 방공호는 본 적이 없는 까닭이었다.

 "그만두고 나니까 마음이 허하냐? 그래서 땅 파는 거야?"

 언제부턴가 우리는 국제상사라는 단어를 입에 올리지 않았다. 그 단어가 꼭 들어가야 할 경우에도 생략하거나 숨을 한 번 꼴깍 쉬는 것으로 묵음 처리했다.

 "사장이 바짓가랑이라도 잡디?"

 국제상사를 그만둔 건 경수의 의사와는 상관없는 것이었

다. 아버지가 그만둬라, 했고 경수는 말없이 고개를 끄덕였을 뿐이었다. 그새 정이 들었다는 것을 알고 있었다. 경수에게 '그 여자'가 '아줌마'가 되고, '아줌마'가 '사장'이 되고, '사장'이 다시 '사장님'이 되고, '사장님'이 또다시 '우리 사장님'으로 변해 가는 과정을 나는 다 지켜보고 있었다. 그리고 경수는 말하지 않았지만 내가 아는 게 또 하나 있었다. 미스 리와 하 군. 제일 늦게까지 가게에 남아 있는 사람들이었다. 사장과 다른 직원들이 퇴근한 후 가게를 청소하고 물건을 정리하고 몇 개나 되는 셔터까지 촤르륵, 내리고 나서야 신입인 그들은 퇴근할 수 있었다. 야심한 밤, 한적한 거리가 그들 사이를 가깝게 만들었을 것이다. 역시 경수는 말하지 않았지만 나는 알고 있었다. 국제상사가 공사 중이던 그때, 그래서 직원들이 일주일간의 휴가를 받았을 때, 미스 리와 하 군은 청량리발 춘천행 기차를 타고 당일치기 여행을 다녀왔다. 역시 일주일간의 휴가 기간 동안 그들은 이틀에 한 번꼴로 만나 영화를 보고 밥을 먹었다. 그런데 이제 그 미스 리를 만날 수 없는 것이다.

"엉뚱한 데 힘쓰지 말고 삐걱거리는 방문들이나 좀 어떻게 해봐."

"안 도와줄 거면 저리 가."

"도대체 왜 그러냐니까?"

경수는 곡괭이와 삽을 번갈아 써가며 땅 파는 일에 열중이었다. 오전에 내가 출근할 때 곡괭이를 꺼내 만지작거리더니 그새 보일러실 앞으로 제법 깊고 커다란 구멍이 생겨 있었다. 역시 경수는 힘쓰는 일에 소질이 있었다.

"김칫독이라도 파묻냐?"

김칫독 묻을 자리가 아니라는 건 한눈에 봐도 알 수 있었다. 경수는 구멍 하나에 만족하지 않고 담 밑으로 계속 땅을 파나갔다. 땅굴이라는 단어가 떠오른 게 그때쯤이었다.

"혹시 보물이라도 찾는 거야? 엄마가 돌아가시기 전에 너한테만 살짝 말해 줬어?"

"아이 씨, 힘들어 죽겠네. 그렇게 입만 떠들지 말고 좀 도와주지? 땅 얼기 전에 끝내야 된단 말이야."

곡괭이질을 멈추고 허리를 펴며 경수가 말했다. 나는 발로 땅을 차보았다. 아직 언 것 같지는 않은데도 발이 아플 정도로 딱딱했다. 십일월이었다. 예년보다 추위가 일찍 찾아와서 아침저녁으로는 벌써 기온이 영하로 떨어지고 있었다. 온난화라더니 이게 뭐야. 사람들은 영문을 모르겠다는 얼굴로 투덜댔다.

나는 삽을 들었다. 경수가 곡괭이질을 하고 나면 내가 삽으로 흙을 떠냈다. 우리는 번갈아 쉬었고 쉴 때마다 주먹으로 허리를 두드렸다. 능숙한 편은 아니어도 나는 제법 삽을 잘 다뤘다. 넓지도 않은 마당에 가끔 삽질할 일이 있었다. 뿌리가 잘 내린 풀들을 제거하는 데는 호미보다는 삽이 유리했다.

"너희들 거기서 뭐 하냐?"

대문 열리는 소리도 못 들었는데 어느새 아버지가 등 뒤에 서 있었다. 경수가 나를 돌아보았고 나는 과장되게 헉헉거리며 아버지를 보았다.

"간첩놀이라도 하는 거야?"

아버지가 얼굴을 찌푸리며 마당을 둘러보았다. 나는 눈도 깜짝하지 않고 거짓말을 했다.

"김칫독 파묻을 자리예요."

"김칫독은 왜?"

"아버지가 김치냉장고를 안 사주니까 그러죠."

"김치냉장고에 넣을 김치는 있었고?"

"올해는 김장을 할까 해요."

나는 옆집 뒷집에서도 잘 들리도록 크게 말했다.

"두더지 새끼들도 아니고 다 늦은 저녁에……. 김칫독을 파묻든 느들을 파묻든 아무튼 나무들 죽이면 둘 다 집에서 쫓겨날 줄 알아라."

아버지가 엄포를 놓았다. 그것은 엄포이기도 했지만 또한 승낙이기도 했다. 그제야 긴장이 풀린 경수가 아양을 떨었다.

"아빠가 도와주면 되잖아요!"

하지만 아버지는 꿈쩍도 하지 않았다.

"어림없다. 김치 한 쪽 먹으려다가 허리 부러질 일 있냐."

아버지는 혀를 차며 집 안으로 들어가 버렸다.

항아리가 도착한 것은 다음 날 오후였다. 모두 세 개였고, 경수가 크기까지 다 알아보고 주문해 놓은 것이었다. 간장 공장이라도 차리시게요? 경수와 항아리를 맞잡고 나르던 운전기사가 농담을 했다. 나는 걸레로 항아리를 닦았다. 안쪽 깊은 곳은 팔이 닿지 않았다. 허리도 숙여 보고 머리까지 집어넣어 보았지만 안 돼서 그냥 포기했다. 운전기사가 돌아간 뒤 실눈을 뜨고 항아리를 살피던 경수가 말했다.

"누나, 한번 들어가 봐."

"내가? 네가 들어가 봐."

"난 안 되지, 딱 봐도 성인용은 아니잖아. 그나마 이게 제일 큰 건데도."

"그럼 나는 어린이냐?"

"어. 아빠하고 누나는 어린이지."

"알았다. 어린이가 들어가 주마."

나는 항아리 하나를 조심스럽게 눕힌 다음 뒤로 돌아 엉덩이부터 기어 들어갔다. 경수는 항아리가 구르지 않도록 잡고 있었다. 어때? 항아리 밖으로 머리만 내민 내게 경수가 물었다. 나는 엎드린 자세로 한동안 가만히 있었다. 바닥이 평평하지 않아 몸의 긴장을 풀 수가 없었다. 금방 온몸이 뻐근해졌다. 무릎과 팔꿈치가 아팠고 다리도 저렸다. 고개를 들지 못하는 것도 불편했다. 하지만 나는 그렇게 말하지 않았다.

"의외로 아늑한데?"

"그래? 다행이다. 좀 더 들어가 봐."

"이게 다야. 너는 내가 정말 어린이인 줄 아니?"

내가 쏘아 주자 경수가 움찔하는 표정을 지었다. 평균치보다 웃도는 키를 가지고도 어린이 취급을 당하는 게 억울했다. 아버지 키를 물려받지 않은 걸 얼마나 다행으로 여겼는데. 미안, 경수가 얼른 사과했다. 항아리에서 나오며 내가 말했다.

"입구가 좀 넓었으면 좋을 텐데."

"그럼 넓히지, 뭐."

"이게 뭐 고무냐?"

"나만 믿어 봐. 이래 봬도 내가 아르바이트로 안 해본 게 없는 몸이라고."

내가 마스크를 꺼내 오는 동안 경수는 공구 상자를 가져왔다. 우리는 곧 작업을 시작했다. 아니, 작업은 경수가 하고 나는 보조 역할이었다. 경수가 드릴, 하면 드릴을 건네주고 그라인더, 하면 얼른 그라인더를 건네주었다. 누나도 한번 해 봐, 경수가 말했지만 나는 사양했다. 공구가 낯설기도 했거니와 무엇보다 항아리가 깨질까 걱정돼서였다. 나는 딱딱한 물건과 친하지 못했다. 옷감이나 흙 같은 깨지지 않는 걸 만지는 게 좋았다.

경수는 드릴로 항아리 바닥에다 촘촘하게 구멍을 뚫었다. 그런 다음에는 구멍과 구멍 사이에 다시 구멍을 냈다. 그러자 구멍들이 하나로 연결되었다. 작업을 하는 경수의 표정은 한없이 진지하고 신중했다. 한 시간여의 작업 끝에 마침내 항아리 바닥이 떨어져 나가자 이번에는 그라인더로 그 부분을 매끄럽게 다듬기 시작했다. 항아리 주둥이도 그라인더로 잘라 냈다. 다른 항아리의 배를 파낸 것도 그것이었다. 보면 볼수록 신기한 물건이었다.

드디어 항아리 해체 작업이 끝나고 합체가 시작되었다. 먼저 구덩이 속에다 항아리를 밀어 넣었다. 그런 다음 양쪽에 항아리를 하나씩 세우고 하나는 가운데에다 뉘어서 그 둘을 연결했다. 가운데 항아리의 주둥이 두 개와 양쪽의 항아리 배에 낸 구멍이 딱 맞아떨어졌다. 이번에는 경수가 말하기 전에 내가 알아서 들어갔다. 편하다고 할 수는 없지만 그래도 항아리 세 개를 연결해 놓으니 그럭저럭 앉거나 누울 수 있었다. 문제는 다른 것이었다. 같은 생각을 했는지 내가 밖으로 나오자 경수가 말했다.

"폐소공포증 같은 건 없겠지?"

"있을지도 몰라. 방을 그렇게 갑갑해하는 걸 보면."

"잠깐이니까 참을 수 있겠지?"

나는 대답하지 못했다. 잠깐일 수도 있고 아닐 수도 있었다. 그러나 이것 외에 다른 방법은 없어 보였다. 또한 이것은 우리가 아버지를 위해 할 수 있는 최선의 대비책이었다.

"잠깐이길 바라는 수밖에."

내가 말하자 경수가 우울한 얼굴로 고개를 끄덕였다. 우리는 다시 작업을 시작했다. 누가 보기 전에 얼른 끝내야 했다. 흙이 들어가지 않도록 비닐로 연결 부분을 감싼 뒤 항아리를 묻기 시작했다. 흙을 다 덮은 뒤에는 발로 다지고 다시 덮기를 반복했다. 그래도 남는 흙은 담벼락을 따라 골고루 뿌렸다. 낙엽을 긁어모아 마당 구석구석 뿌려 주는 것도 잊지 않았다.

담벼락과 건물 사이에 한 사람이 겨우 드나들 수 있는 샛길이 있었다. 보일러실로 이어지는 길이었다. 보일러실의 또 다른 문은 베란다와, 베란다는 다시 부엌과 연결되고 있었다. 그런 이유로 땅굴의 위치를 거기다 잡은 것이었다.

"이 샛길 들여다보면 큰일이야."

경수가 말했다. 나는 고개를 끄덕였다. 땅굴의 입구가 보일러실 앞으로 나 있었다.

"막자."

내가 말했다. 이번에는 경수가 고개를 끄덕였다. 우리는 집 안을 뒤지기 시작했다. 나는 고장 난 전기밥솥과 못 쓰는 프라이팬, 구멍 난 냄비를 들고 나왔다. 경수는 흠집투성이 책상과 전부터 삐걱거리던 의자를 들고 나왔다. 오늘 아침까지도 경수가 쓰던 물건들이었다. 나는 눈을 가늘게 뜨고 경수를 쳐다보았다.

"이 기회에 버리고 새 걸로 사달라고 할 거지?"

"무슨 말씀. 아빠를 위해 희생하는 거야."

아니란 걸 알면서도 나는 더 묻지 않았다. 우선은 샛길의 입구를 막는 게 급했다. 베란다에 있던 오래된 냉장고가 마당으로 들려 나왔다. 한 칸짜리 자그마한 냉장고로 언젠가는 쓰이리라는 생각에 베란다에 내놓고 팔 년째 손대지 않은 것이었다. 역시 베란다에 있던 메탈 선반도 마당으로 들려 나왔다. 우리는 샛길의 입구에다 그것들을 차곡차곡 쌓기 시작했다. 책상 위에 냉장고, 냉장고 위에 의자, 의자 옆에 선반. 그리고 밥솥과 프라이팬과 냄비는 일부러 주위에 어지럽게 흩어 놓았다. 마침내 모든 작업이 끝났다.

우리는 대문 앞으로 가서 마당을 둘러보았다. 완벽해. 경수가 말했다. 완벽까지는 아니더라도 완벽에 가깝다는 것은 나도 인정했다.

"고생했어."

경수의 어깨에 한쪽 팔을 걸치며 내가 말했다.

"누나도."

경수도 내 어깨에다 팔 하나를 올렸다.

"무거워. 땅속으로 꺼지기 직전이야."

"나도."

"설마 밖에도 도청기가 설치돼 있는 건 아니겠지?"

처마 밑을 올려다보며 내가 말했다.

"상관없잖아. 어차피 알게 될 텐데, 뭐. 상으로 아빠한테 구두나 하나 만들어 달랄까?"

경수는 처마를 향해 고개를 빼고는 구두를 강조해서 말했다. 그것도 모자라 아예 대놓고 아양을 떨었다.

"나는 아빠가 만든 구두가 세상에서 제일 좋더라. 아빠는 이 지구를 통틀어 가장 훌륭한 장인이야."

"그 아빠 소리 들으면 아버지 또 닭살 돋겠다."

"뭐 어때? 나는 좋기만 한데. 친밀감 있어 보이잖아. 아빠, 난 구두!"

마지막으로 구두를 한 번 더 외친 뒤에야 경수는 공구를 정리하러 뛰어갔다.

시간은 더디게 흘렀다. 경수가 새 일자리를 구할 생각은 않고 집에서 빈둥거리는 동안에도 나는 오전에 출근해서 저녁에 퇴근하는 생활을 계속했다. 그러나 열의도 성의도 없는 가르침이었다. 그렇다고 가르쳐야 할 것을 덜 가르친다는 뜻은 아니었다. 일 자체가 싫어진 것도 아니었다. 그 어느 때보다 마음이 심란한 요즘에도 나는 집에 돌아오면 틈틈이 옷을 만들었다. 날씨가 추워지기 시작할 때부터는 뜨개질까지 겸하고 있었다. 그러니까 내가 싫증 난 것은 익숙한 공간과 변화 없는 생활, 그리고 수업 내용까지 산섭하는 원장이었다. 선생들도 채 두 달을 버티지 못하고 계속 바뀌었다. 내게는 마음 터놓고 얘기 나눌 동료 하나 없는 셈이었다. 게다가 동료들이 하나씩 그만둘 때마다 나는 심한 자괴감에 빠져들었다. 사직서를 낸다는 것은 떠날 곳이 있다는 뜻이 아닌가. 혹은 의욕이. 몸담았던 곳을 박차고 나가는 데도 적극적인 의지가 필요했다. 그들에게는 있고 내게는 없는 것이었다. 그래서 더 슬펐다. 삼류 패션학교의 붙박이가 되어 가고 있는 나는 도태된 직장인의 전형처럼 보였다. 그런 생각이 들 때마다 국제상사 여자의 제안이 머릿속을 맴돌았다. 그러다 곧 화들짝 놀라며 얼른 고개를 흔들었다. 가끔은 우리가 이런 악연으로 만나지 않았더라면, 생각했다. 다른 곳에서 다른 인연으로 만날 수도 있었을 텐데. 그러다 또 나는 얼른 고개를 흔들었다. 그녀의 호의를 받아들인다면 국제상사 앞에서 양말을 팔았던 엄마와 무엇이 다른가. 그녀의 호의를 받는 대신 엄마는 매일매일 사람들의 비웃음을 감내해야 했다. 자존심을 죽여야 했다.

'덕분에 한바탕 신 나게 웃었지. 양말 장수가 양말 기워 신는다고.'

국제상사 여자의 말이 귓가를 떠나지 않았다. 엄마와 같은 전철을 밟을 수는 없었다.

"어? 문이 안 잠겼는데?"

아버지 방문 앞에 서서 경수가 말했다.

"원숭이도 나무에서 떨어질 날이 있네?"

"그런 비유 쓰지 마. 아버지가 원숭이야?"

"말이 그렇다는 거지."

경수가 입을 삐죽거렸다. 배탈이라도 났는지 아버지는 새벽부터 화장실을 들락거리다 결국 아침도 못 먹고 출근했다. 서두르느라 아마 방문 잠그는 걸 잊은 모양이었다.

약의 정체를 알아내기 위해 술을 먹인 그날 밤부터 아버지는 집에 있든 없든 반드시 방문을 잠그고 다녔다. 좀 심하다 싶게도 화장실에 갈 때도 방문을 잠갔다. 도대체 무슨 병이기에 이렇게 숨기는 거지? 경수와 나는 투덜거리며 방문 열쇠를 찾기 위해 온 집 안을 다 뒤졌지만 결국 찾지 못했다. 사실은 여분의 열쇠가 있는지도 둘 다 알지 못했다. 너 열쇠 본 적 있어? 내가 물으니, '아니 누나는?' 오히려 경수가 되물었다.

"그럼 우리 지금 뭐 한 거야?"

"삽질한 거지, 뭐."

절로 한숨이 나왔다. 우리에게는 없고 아버지에게는 있었다. 우리는 우리 방문조차도 잠글 수 없었지만 아버지는 온 집 안의 문을 다 잠글 수도, 열 수도 있었다. 걸핏하면 집에서 나가라고 협박하더니 그게 다 이유가 있었다. 방문 열쇠마저도 아버지가 장악하고 있지 않은가.

"다른 걸로 한번 열어 볼까?"

경수가 말하고 내가 고개를 끄덕였다. 며칠 동안 우리는 젓가락, 옷핀, 칼, 드라이버 등 온갖 도구들을 사용해 방문을 열려고 했으나 결과는 매번 같았다. 우리는 닫힌 방문 앞에서 고개를 떨어뜨렸다. 텔레비전에서는 잘만 열던데. 경수가 투덜거려 봐도 달라지는 것은 없었다. 우리는 훈련받은 요원도 스파이도 아니었다. 이럴 줄 알았으면 열쇳가게에서도 아르바이트하는 건데. 경수가 발을 구르며 분해했다.

그랬는데, 그 문이 저절로 열려 있는 것이다. 경수와 나는 방 안으로 들어갔다. 서랍 열쇠를 찾을 필요는 없었다. 약봉지가 문갑 위에 놓여 있었다. 우리는 약봉지를 들고 서둘러 마루로 나왔다. 한때는 아무 생각 없이 드나들던 방이었으나 한번 잠겼던 이후로는 마치 우리가 처음 들어서는 공간처럼 낯설었다. 방 안에 떠다니는 먼지마저도 신비로워 보였다. 아버지 방에 있는 몇 초 동안 우리는 밟아서는 안 될 금을 밟은 것처럼, 넘어서는 안 될 선을 넘은 것처럼 마음이 불안했다.

약봉지에서 나온 것은 한 움큼의 알약이었다. 초록색, 자주색, 그리고 흰색의 알약들. 참 화려하기도 하지. 그런데…… 뭔가가 이상하다고 생각하는데 때마침 경수가 중얼 거렸다.

"이게 뭐야? 원래 약봉지 안의 약들 낱개로 포장돼 있지 않나? 이렇게 그냥 막 들어 있어?"

이상한 것은 그뿐만이 아니었다. '대일약국'이라 인쇄된 약봉지 겉면에는 아버지 이름은 물론이고 하루에 몇 번을 언제 먹으라는 복용법도 적혀 있지 않았다. 그것은 약봉지와 안의 약이 제 짝이 아니라는 뜻이었다. 알약들도 처음에는 낱개로 포장돼 있었을 것이다. 조제한 약국을 숨기기 위해 아버지가 일부러 뜯어서 약봉지와 함께 버렸다는 것을 알 수 있었다. 늘 게으름만 피우고 엄살이나 부리는 줄 알았던 아버지에게 의외로 주도면밀한 면이 있었다.

"돋보기 좀 가져와 봐."

알약을 들여다보며 내가 말했다.

"돋보기는 왜?"

"여기 글자, 뭐라고 쓰여 있잖아."

노인네같이. 경수가 혀를 차더니 알약을 뺏어 갔다.

"TVJC, 또 이건 JDWL이라고 적혀 있는데? 이게 무슨 뜻이야?"

나는 잠깐 생각하다가 대답했다.

"약사한테 가져가서 보여야 한다는 뜻이지."

"약사 누구?"

"큰길에 약국 있잖아. 약사들은 약만 보고도 무슨 병인지 알지 않을까?"

경수의 반응은 시큰둥했다. 그러다 한숨을 쉬었고, 나뭇잎이 다 떨어진 마당의 나무들을 내다보았다. 올해도 어김없이 대추는 가지에 그대로 매달린 채 까맣게 쪼그라들고 있었다. 올해는 한번, 생각했지만 하는 일도 없이 순식간에 시간이 흘러서 열매 딸 시기를 놓치고 말았다.

"네가 알아볼래?"

내가 묻자 경수는 말없이 고개를 끄덕였다.

엿장수의 첫사랑

"올해는 눈 언제 온다냐?"

마루에서 텔레비전을 보며 삶은 고구마를 먹던 아버지가 불쑥 물었다. 빨래를 걷어 마루로 올라서던 나는 당연히 대답하지 못했다.

"첫눈 온다는 얘기 없어?"

"십일월에 무슨 눈이에요?"

그러면서 나는 하늘을 올려다보았다. 잔뜩 찌푸린 것이 한두 시간 안에 비가 올 것 같았다. 십이월이었다면 첫눈을 기대해도 될 만한 날씨이기는 했다. 하긴 낼모레가 십이월이지만.

"내가 말이다, 느들 엄마하고 처음 만난 게 그해 겨울 첫눈

오는 날이었다."

 아버지의 얘기는 그렇게 시작되었다. 그러니까 아버지가 첫눈이 언제 오냐고 물은 것은 눈을 기다려서가 아니라 그 얘기를 꺼내기 위해서였다. 텔레비전 리모컨을 꾹꾹 누르며 아버지가 말했다.

 "농고밖에 없어서 가긴 했다만 농부만큼은 절대로 안 되고 싶었지. 일 년 삼백육십오 일 쉬는 날도 없이 죽어라 일해도 돈 안 되고 표 안 나는 게 농사일이거든. 고등학교 삼 년 내내 방학 때마다 잡혀서 일을 했어. 방위병 때도 일요일마다 일했고. 그것만으로도 농사라면 아주 징글징글해서 쳐다보기도 싫었다. 그런데 전역을 해도 인근에는 어디 마땅하게 취직할 데가 없는 거라."

 취직을 하려면 도시에 나가 일자리를 알아봐야 했다. 하지만 아버지에게는 그럴 시간이 없었다. 농촌에서는 노는 손을 용납하지 않았다. 취업 준비생도 일하는 사람들 눈에는 노는 손이나 마찬가지였다. 당장 해야 할 일이 산더미처럼 쌓인 게 농사일이었고, 온 집안사람이 다 달라붙어도 늘 부족한 게 일손이었다. 할아버지는 며칠만 더, 하며 아버지를 잡았고 아버지는 내일 하루만 더, 하면서 어쩔 수 없이 잡혔다.

 "이래서는 안 되겠다 싶더라고. 전화번호부에 실린 충주

시내 회사란 회사에는 모조리 이력서를 보내야겠다고 결심했지. 직원 뽑는 회사가 설마 한 군데도 없을까 싶었어. 그런데 이력서는커녕 전화번호부 펼칠 시간도 없었지. 저녁밥 먹으면 바로 곯아떨어졌으니까."

어릴 때부터 아버지는 할아버지의 걱정거리였다. 또래에 비해 키도 작고 덩치도 작고 몸도 약했다. 거기다 심약하기까지 했다. 어쩌면 그래서 할아버지는 아버지를 곁에 두고자 했을지 모르겠다. 어쨌거나 할아버지는 가거라, 가거라, 하면서 적극적으로 보내지 않았고 아버지는 떠난다, 떠난다, 하면서 떠나지 못했다. 그렇게 이 년여가 흘렀다.

1976년 겨울, 아버지 나이 스물네 살 때였다. 비장한 각오로 할아버지 앞에 무릎 꿇고 앉은 아버지는 그동안 일한 새경을 달라고 했다. 아비지는 도시로 나갈 생각이었다. 이 년치 월급이면 당장 직장을 구하지 못한다 해도 당분간 먹고살 걱정은 없었다. 하지만 희망에 부푼 아버지 앞에 할아버지가 내놓은 말은 이런 것이었다.

"돈이 한 푼도 없는데 어떡한다? 아, 그렇지. 공짜로 재워 주고 먹여 주고 입혀 줬으니까 네가 숙박비 식비 의복비 내놓으면 그걸로 새경을 주면 되겠다."

아버지는 고개를 떨어뜨렸다. 눈물까지 떨어지려는 걸 간신히 참았다. 손톱까지 빠져 가며 이 년이나 일했는데 그게 말짱 도루묵이었다니. 그때 할아버지가 아버지 쪽으로 몸을 기울이고는 넌지시 제안했다.

"그럼 엿장수라도 해볼래? 리어카 살 돈밖에 없는데."

아버지는 한참 동안 대답을 못 하다가 혹시나 하는 마음으로 협상안을 내놓았다.

"엿장수 대신 배추 장수가 될래요. 트럭 사주세요."

"네가 리어카 개조해서 트럭을 만들든지. 싫으면 말고."

돌아앉으려는 할아버지에게 아버지가 얼른 말했다.

"할게요, 엿장수 하면 되잖아요."

그렇게 해서 스물네 살 한창 젊은 나이에 아버지는 엿장수가 되었다.

"어쨌거나 내 사업이고 내가 벌어서 내 맘대로 쓸 수 있으니 하겠다고는 했지만 솔직히 눈앞이 캄캄했다. 젊은 놈이 얼마나 할 게 없으면 엿장수를 하느냐고 사람들이 손가락질할 것 같았지. 친구들 보기도 부끄럽고. 솔직히 나처럼 젊은 놈이 할 만한 일은 아니었다. 리어카랑 엿판 다 사놓고도 한동안 장사를 못 나갔어. 발길이 떨어지질 않는 거라. 집에서 가위질 연습만 하다가 아버지 불호령이 떨어진 뒤에야 마지못해 리어카 끌고 집을 나섰지. 그날이었다, 느들 엄마를 만난 게. 물론 얼굴이야 알고 있었지만 그 전엔 말 한마디 못 해 봤거든."

 그날 아버지는 털모자를 눌러쓰고 집을 나섰다. 마을을 벗어날 때까지 묵묵히 리어카를 끌기만 했다. 엿판은 비닐로 덮어 가리고서. 십 리 길을 걸어 읍내에 도착해서도 아버지는 '고물 삽니다' 소리는커녕 가위질 소리도 내지 못했다. 그날따라 날씨도 우중충해서 거리에는 사람이 별로 없었고, 따라서 엿장수를 알아보고 스스로 고물을 들고 오는 이도 없었다. 읍내를 끝에서 끝까지 몇 번을 왔다 갔다 하다 안 되겠다 싶어서 아버지는 식당으로 들어가 밥을 시켜 놓고 소주를 마셨다. 용기를 내기 위해서였다. 과연, 소주 한 병을 마시니 없던 배짱이 조금쯤 생겼다.

 "됐다 싶어서 밖으로 나갔지. 술기운 가시기 전에 얼른 읍내 한 바퀴 돌고 가려고. 그런데 식당 앞에 세워 둔 리어카가 없는 거라. 그새 누가 훔쳐 가 버렸어. 어찌나 막막하던지. 경찰서에 가서 하소연해도 소용없을 거라는 얘기만 하고. 리어카에 이름표가 달린 것도 아니고 그걸 어디 가서 찾겠느냐는 거야. 개시도 해보기 전에 사업 도구를 몽땅 날린 셈이었지. 쓸데없는 줄 알면서도 읍내를 몇 시간이나 뛰어다녔어. 미친놈처럼. 허탕만 치고 할 수 없이 또 십 리 길을 걸어 마을로 갔는데, 차마 집으로는 못 들어가고 집 앞 골목에서 동정을 살폈지. 용기가 안 나서. 아버지한테 맞아 죽을까 겁도 나고. 하염없이 한숨만 쉬다가, 이렇게 살아서 뭐하나 차라리 죽어 버리자, 생각했지. 내가 너무 한심했어. 리어카 하나 제대로 간수 못 하고 잃어버린 것도 한심했고, 아버지한테 맞을까 봐 집에도 못 들어가고 눈치나 보고 있는 것도 너무 한심했어. 나는 엿장수 될 자격도 없는 놈이었던 거야. 죽을 생각으로 마을 뒤 저수지로 가는데 갑자기 눈이 펑펑 쏟아지더구나. 첫눈이 참 복스럽게도 내렸지."

결과적으로 그날, 아버지는 저수지로 뛰어들지 못했다. 저수지로 뛰어들기에는 날이 너무 추웠고 주위가 너무 어두웠다. 무서워서 죽지도 못하고 그렇다고 그곳을 떠나지도 못하고 아버지는 두 시간을 저수지 앞에 서 있었다. 그동안에도 눈은 쉬지 않고 내렸다. 아버지의 털모자 위에도, 살얼음 언 저수지 위에도 하얗게 눈이 쌓이기 시작했다. 그때였다. 마을 쪽에서부터 누군가가 저수지를 향해 걸어오고 있었다.

"여자더라. 그쪽도 눈을 뒤집어쓰고 있어서 누군지는 모르겠지만 여자란 건 분명했지. 이제 죽는다 생각하니까 그동안 연애 한 번 못 해본 게 너무 억울한 거라. 이래 죽으나 저래 죽으나 어차피 죽을 거 에잇 뽀뽀나 한 번 하고 죽자 싶어서 냉큼 달려가 껴안고는 뽀뽀를 했지. 뺨 맞을 각오로. 곧 죽을 놈이 그깟 뺨 한 대가 대수겠냐."

그 여자가 바로 엄마였다. 엄마는 뺨을 올려붙이기는커녕 아버지가 떨어질 때까지 가만히 서 있었다. 뺨 맞을 각오로 달려들었던 아버지는 엄마가 저항도 하지 않고 가만히 있자 뭔가 이상하다 싶어 한 발짝 물러섰고, 그리고 엄마를 보았다. 엄마가 같은 마을 일 년 후배라는 걸 알아본 뒤에는 부끄러움에 얼굴을 붉혔다.

"한동안 서로를 쳐다보고만 있었지. 민망하기도 하고 얼떨떨하기도 하고. 아마 내가 제정신이 아니었을 거야. 곧 죽을 놈이 뺨 한 대가 대수겠냐고 큰소리쳤던 내가 어느새 무릎 꿇고 빌고 있었거든. 잘못했다고. 손까지 싹싹 비벼 가면서. 그런데 느들 엄마가 나더러 일어나라고 하더니 다 늦은 저녁에 저수지에서 뭘 하느냐고 묻는 거야."

아버지는 설명했고 엄마는 들었다. 다 듣고 난 엄마가 리어카 살 돈을 빌려 주겠다고 제안했다. 그때 엄마는 우체국에 다니며 매달 적금을 붓고 있었다. 처음에 아버지는 엄마의 제안을 거절했다. 빚을 지는 게 두려웠고 자존심도 상했다. 치한으로 몰아세워도 할 말 없을 판에 돈까지 빌려 주겠다니, 뭔가 꿍꿍이가 있는 게 아닐까 의심도 들었다. 그러나 아버지의 고집은 오래가지 못했다. 그깟 돈이 사람 목숨보다 중요해요? 엄마가 말하는 순간 아버지는 할아버지를 떠올렸고, 할아버지에게 혼날 게 겁나서 죽을 작정까지 한 걸 생각해 냈다. 죽는 것보다야 자존심 조금 상하는 게 낫겠다는 생각도 들었다. 아버지는 눈물을 머금고 고개를 끄덕였고, 며칠 뒤 엄마의 돈을 받았다. 아버지와 엄마의 연애는 그렇게 시작되었다.

"매일 저녁 우체국 앞으로 가서 느들 엄마를 기다렸다가 함께 집으로 걸어갔지. 읍내에서 집까지 십 리 길, 그 길을 걷는 게 말하자면 우리의 데이트였다. 가끔은 읍내 영화관에서 영화를 보기도 했지만 그건 서로 시간도 잘 안 맞고 사람들 눈치도 보여서 한 달에 한 번 있을까 말까 했고. 개미 새끼 한 마리 없는 그 둑길이 우리한테는 안성맞춤이었지. 둑길을 걸으며 하루 동안 있었던 일도 얘기하고, 달구경도 하고, 엿도 나눠 먹고……. 느들 엄마를 리어카에 태우고 신 나게 달리기도 하고, 달밤에 나란히 둑길에 앉아 도시락도 까먹고……. 짧은 동안이었지만 그때가 내 인생에서 가장 행복한 시간이었다."

빨래를 개며 아버지의 얘기를 듣던 나는 문득 이상한 점을 발견했다. 향수에 젖은 아버지를 방해하고 싶지는 않았지만 궁금해서 참을 수가 없었다.

"그런데 엄마는 다 늦은 저녁에 저수지에 왜 갔대요?"

그건 아무리 생각해도 이상했다. 눈 내리는 저녁에, 마을을 지나고 논밭을 지나 산 밑 저수지까지 엄마는 왜 간 걸까. 혹시 엄마도?

"네 외증조할머니 산소가 그 저수지 너머 산에 있다. 눈이 오니까 갑자기 할머니가 보고 싶었다고 하더라. 이건 그날 느들 엄마가 댄 핑계고. 나중에 실토하는데, 사실은 그날 읍내에서 리어카 끌고 돌아다니는 나를 봤다더라. 리어카 잃어버린 것도 알고 있었고. 읍내가 워낙 작다 보니 소문도 순식간에 퍼지거든. 그래서 나를 찾으러 저수지에 온 거라고. 집에 없으면 갈 데라곤 뻔하니까."

"엄마가 아버지를 왜 찾으러 다녀요? 그 전까지는 말 한마디 못 해봤다면서요?"

"입 닫는다고 눈까지 감는 줄 알았냐? 어릴 때부터 나를 좋아했다더라. 그래도 내가 인물 하나는 어디 가서도 안 빠진다."

예전에는 아버지가 그런 말을 할 때마다 경수도 나도 믿지 않았다. 그러나 아버지의 젊은 시절 사진을 본 뒤로는 어느 정도 수긍하게 되었다. 흑백사진 속 군복 입은 아버지는 이목구비가 뚜렷하니 정말 잘생겨 보였다. 우수 가득한 눈은 군복과 어울리지 않는 듯하면서 묘하게 어울렸고, 작은 키와 작은 덩치는 오히려 아버지의 얼굴에 귀염성을 더해 주었고 보호 본능을 자극하기에 충분했다. 물론 젊었을 때 그랬다는 말이다. 경수와 나는 철이 들면서부터 되도록이면 동네 아이들과 싸우지 않았다. 그 아이들에게는 키 크고 힘센 아버지가 있었지만 우리한테는 없었기 때문이었다. 우리가 누구의 머리통을 깨거나 얼굴에 밭고랑을 만들었을 때 우리를 지켜 줄 든든한 보호자가 없었기 때문이었다. 그때 우리 눈에 비친 아버지는 빼빼 마르고 힘없는, 오히려 보호받아야 마땅할 중년 남자에 불과했다.

"그럼 엄마는 아버지 얼굴에 반한 거예요?"

"당연하지. 학교 다닐 때도 나 좋다는 여자 많았어. 공부나 운동보다는 일단 잘생기고 봐야 해. 느들도 나를 닮았으면 인물값 하라는 소리 좀 들었을 텐데."

나는 대꾸 없이 웃기만 했다. 다 개킨 빨래를 들고 일어서는데 문득 아버지가 중얼거렸다.

"올해는 첫눈이 언제 오려나……."

며칠이 지나도록 경수는 약의 비밀을 풀지 못했다. 약을 본 약사들마다 모르겠다며 고개를 저었다고 했다. 뭐 그런 약사들이 다 있어, 화를 내봐도 소용없었다. 우리에게는 아는 의사도 없었고 의학 지식도 없었다. 게다가 아버지의 몸 어디가 아픈지 짐작조차 못 하고 있었다. 정확한 병명은 아니더라도 한집에서 살다 보면 자연스럽게 누구는 어디가 약하고 누구는 툭하면 어디에 병이 나고 하는 정도는 알지 않는가. 하지만 경수도 나도 아버지에 대해서는 고개를 저을 수밖에 없었다. 그동안 우리가 너무했다는 생각이 들었다. 너무 무심했나 봐. 경수의 말에 나는 고개를 끄덕였다.

"그런데 그거…… 언제쯤 할까?"

내 눈치를 보며 경수가 물었다.

"모르지. 아마 겨울은 안 넘길 거야."

"누나가 어떻게 알아?"

"그냥 느낌으로."

"난 얼른 해버렸으면 좋겠어."

그렇게 말해 놓고 경수는 내 눈치를 보더니 답답해서, 덧붙였다. 나는 경수를 탓하지 않았다. 기다리는 시간이 힘들고 답답한 것은 나도 마찬가지였다. 아버지가 왜 이렇게 시간을 끄는지 이해할 수 없었다. 여름에 나온 얘기가 아직도 결말을 맺지 못하고 겨울까지 이어지고 있었다. 그 일이 끝나지 않는 한 경수와 나는 언제까지고 볼모의 심정으로 살아갈 수밖에 없었다. 도망치지도, 그렇다고 대항하지도 못하는 볼모. 우리는 반찬 없이 밥만 입안에 욱여넣은 사람처럼 몸속 깊숙이 답답함과 불안을 껴안은 채 겨울을 보내고 있었다. 그리고 기나긴 겨울이 얼른 끝나기를 고대하고 있었다.

폭설

"누나, 이것 좀 봐!"

마루의 커튼을 열어젖힌 경수가 소리쳤다. 부엌에서 아침 준비를 하던 나는 돌아보았고 그리고 믿을 수 없는 장면을 목격했다. 장마철의 폭우처럼 눈이 쏟아지고 있었다. 나는 마루로 갔다. 바깥의 세상은 온통 눈에 덮여 있었다. 살짝 덮인 정도가 아니라 십 센티는 넘어 보이는 눈을 곡예하듯 이고 지고 있었다.

"이렇게 눈 내리는 거 처음 봐!"

경수가 탄성을 질렀다. 나는 눈으로 가득 찬 하늘을 올려다보았다. 아니, 눈에 가려서 하늘은 아예 보이지도 않았다.

경기도에서는 좀처럼 볼 수 없는 광경이었다.

"이거 첫눈 맞지? 첫눈이 정말 굉장하게도 오는구나!"

경수는 흥분을 감추지 못했다. 사실은 나도 그랬다. 이제 십이월 중순인데, 올해는 눈이 잦을 거라는 예보는 있었지만 첫눈이 이렇게 갑작스럽게, 그리고 어마어마하게 쏟아질 줄은 몰랐다. 이 정도 눈이면 마당에 쌓인 것만으로도 며칠이고 경수와 눈싸움을 할 수 있을 것 같았다. 하지만 경수는 다른 것을 생각하고 있었고, 고소하다는 듯 말했다.

"오늘 같은 날 출근하려면 완전 죽음이겠는데?"

"오늘 토요일이야. 출근 안 하는 사람이 더 많아."

내가 정정해 줘도 경수는 고소하다는 표정을 바꾸지 않았다. 아버지가 방에서 나오더니 경수 옆에 서서 마당을 내다보았다. '아빠, 정말 굉장하죠?' 경수가 묻고, '그날 저수지에서도 이랬어요?' 내가 물어도 아버지는 대답 없이 하늘만 바라볼 뿐이었다.

그날 오전이었다. 아침 설거지를 끝낸 나는 방에서 스웨터를 뜨다가 문득 이상한 느낌이 들어 창문을 열어 보았다. 그 사이 눈이 그쳐 있었다. 소리 없이 눈이 내린다지만 눈이 올 때와 그쳤을 때의 느낌이 확연히 달랐다. 창문을 닫고 다시 스웨터를 뜨던 나는 또 문득 이상한 생각이 들어 마루로 나갔다. 경수가 마루 끝에 앉아 신발을 신고 있었다. 어디 가냐고 물으니 골목에 눈 치우러 간다고 했다. 이럴 땐 젊은 게 죄지, 투덜거리기도 했다. 그나마 토요일이라 다행이야, 말하며 일어섰다. 토요일이면 왜? 내가 묻자 경수가 대답했다.

"평일이면 좀 그렇잖아, 젊은 놈이."

그러고는 눈삽과 빗자루를 챙겨 집을 나섰다. 마루문을 닫고 돌아서던 나는 아버지 방문 앞에서 걸음을 멈췄다. 아버지가 너무 조용하다는 생각이 들었다. 평소의 아버지라면 마루에서 텔레비전을 보거나 나 나간다, 한마디 툭 던져 놓고는 외출했을 텐데 오늘은 아침 먹고 방으로 들어가더니 내내 기척이 없었다. 노크를 해보았다. 아무 소리도 들리지 않았다. 조심스럽게 문을 열었다. 방에는 아무도 없었다. 나는 신발장을 살펴보았다. 아버지의 구두와 운동화, 등산화 모두 그대로 있었다. 신발장을 닫으려다 말고 다시 자세히 살펴보았다. 아버지의 장화가 없었다. 장화가 있어야 할 자리에 장화는 없고 장화 모양의 흔적만 남아 있었다. 장화를 신고 나가셨구나, 생각하던 나는 아버지 방으로 서둘러 뛰어갔다. 좀 전부터 왜 자꾸 이상한 느낌이 들었는지 그제야 깨달았다.

리볼버가 집 안에 들어온 이후 늘 잠겨 있던 문갑 서랍이 열려 있었다. 물론 리볼버는 사라지고 없었다. 첫눈 얘기가 그냥 엄마와의 추억을 들려주기 위해 꺼낸 것만은 아니었던 것이다. 그것은 일종의 암시고 복선이었다. 그렇다면 아버지는 왜? 마음의 준비를 하라는 뜻이었을까? 혹은 아버지가 마음의 준비를 하기 위해?

나는 두근거리는 가슴을 겨우 진정시키고 내 방으로 가서 옷을 갈아입었다. '너무 늦지 않았을까'와 '내가 가서 뭘 어쩌겠다는 거야' 사이에서 갈등이 없었던 것은 아니지만 그 순간의 나는 허둥지둥 옷을 갈아입고 신발을 찾아 신는 등 부산을 떪으로써 갈등을 유예시켰다.

지하철을 타고 가는 동안에도 마음은 진정되지 않았다. 아버지가 몇 시에 나갔는지 알 수 없어서 더 불안했다. 때맞춰 도착한다 하더라도 내가 할 수 있는 일은 아무것도 없었지만 그래도 마음이 급했다. 어쩌면 그녀의 마지막 순간을 지켜봐 주기 위해서인지도 몰랐다. 가족도 없이 친구도 없이 혼자 떠날 그녀가 안쓰러운 건지도.

지하철에서 내린 나는 급히 시장 골목으로 접어들었다. 그곳 역시 눈으로 뒤덮여 있었다. 문을 연 가게는 많지 않았다. 시간이 이른 탓도 있겠지만 대부분은 눈 때문에 장사를 포기한 것 같았다. 천막 씌운 리어카가 길가에 한 줄로 서 있었다. 사겠다는 사람도 팔겠다는 사람도 없는 시장은 적막하다 못해 기괴하기까지 했다. 아버지에게는 행운이었고 그녀에게는 불운이었다. 그녀는 아마 오늘도 문을 열 것이다. 지난번 공사 기간을 빼고는 삼백육십오 일 문을 닫아 본 적이 없는 국제상사였다. 비가 오건 눈이 오건, 손님이 있건 없건 국제상사는 커다란 아가리를 벌리고 시장을 지켰다.

 국제상사가 가까워질수록 나는 신중하게 행동했다. 되도록 건물에 바짝 붙어 걸었고 주위를 잘 살폈다. 가끔은 걸음을 멈추고 귀를 기울이기도 했다. 근처 어딘가에 아버지가 숨어 있을 것만 같은 예감이 들었다. 예감은 빗나가지 않았다. 나는 얼마 안 가 아버지를 발견했다. 아버지는 내가 선 곳에서 대각선 방향의 삼 층 건물 옥상에 자리 잡고 있었다. 사거리였고, 어느 방향에서 오든 국제상사로 가려면 반드시 지나야 하는 곳이었다. 사전 조사를 한 게 틀림없었다. 제법인데. 아버지가 첩보영화에 통달했다면 오며 가며 곁눈질한 나 역시도 못지않은 실력을 갖고 있었다. 하지만…… 위치 선정은 나쁘지 않았으나 아버지는 너무 눈에 잘 띄었다. 온통 눈으로 덮인 새하얀 세상에서 검정 코트를 입은 아버지만 우뚝 솟아 있는 것처럼 보였다. 좀 엎드려 있든지 아니면 코트라도 벗지……. 나는 애가 탔다. 저러다 누가 보면 어쩌려고. 아무리 사람이 없다지만 진짜 한 사람도 없으려고. 그래도 명색이 시장인데. 나는 망설이다 결국 휴대폰을 꺼냈다. 아버지에게 알려 주기 위해서였다.

그때였다. 아직 통화 버튼을 누르지도 않았는데 아버지가 재빨리 난간 너머로 몸을 낮췄다. 나는 주위를 둘러보았다. 저만치 앞에서 그녀가 걸어오고 있었다. 툴툴거리며, 미끄러질 듯 한 번씩 온몸을 휘청대며. 나는 얼른 입간판 뒤로 몸을 숨겼다. 아버지가 다시 모습을 드러냈다. 이번에는 리볼버를 쥐고 있었다. 아버지는 눈을 가늘게 뜨더니 난간 너머로 팔을 쭉 뻗었다. 그 총구 끝에 그녀가 있었다. 다행히 그녀는 길만 내려다보며 걷느라 아버지의 존재를 눈치채지 못했다. 눈 덕분이었다. 리볼버가 그녀를 따라 천천히 움직였다. 나는 심장이 멎는 것만 같았다. 실제로도 아마 몇 초간 숨을 쉬지 못했을 것이다. 두 손으로 멱살을 꽉 움켜잡고서 숨 막히는 몇 초간을 견뎠다.

이상한 일이었다. 총소리는 들리지도 않았는데 아버지의 어깨가 움찔하는 순간 그녀가 눈밭으로 쓰러졌다. 뭐지? 다음 순간이었다. 그녀가 팔을 허우적대더니 힘겹게 몸을 일으켰다.

"빌어먹을 눈!"

욕하는 소리가 내게까지 들렸다. 그제야 나는 상황을 이해했다. 아아, 총을 쏜 게 아니었구나. 그녀가 쓰러져서 아버지가 움찔했던 거였구나. 나는 참았던 숨을 내쉬었다. 하지만 아직 끝난 게 아니었다. 아버지의 팔이 또다시 난간 밖으로 뻗어 나왔고 총구는 그녀를 따라 움직였다. 나는 또 어느새 두 손으로 멱살을 꽉 움켜잡고 있었다. 살 떨리는 몇 초가 영겁의 시간처럼 흘렀다.

마침내 그녀가 쓰러졌다. 이번에도 총소리는 듣지 못했지만 나는 내 눈을 의심하는 대신 내 귀를 의심했다. 너무 긴장해서 총소리를 듣지 못했다고 생각했다. 아니면 총소리가 너무 커서 가까이 있는 사람에게는 잘 들리지 않는 모양이라고 생각했다. 나는 한 번도 실제로 총소리를 들어 본 적이 없었다. 그랬으므로 나는 논리적으로 생각할 필요가 없었고, 보이는 대로 보면 그만이었다. 그러나 이번에도 그녀는 몸을 일으켰다. 눈밭에서 잠깐 꿈틀거리는가 싶더니 불룩한 상체를 일으켜 앉았다.

"아직까지 눈도 안 치우고 다들 뭐하는 거야? 해가 중천에 떴는데도 집구석에 자빠져 있고 싶나?"

욕하는 소리가 선명하게 들렸다. 나는 얼른 옥상 위를 올려다보았다. 사색이 된 아버지가 몸을 낮추는 게 보였다. 그 눈동자……. 아버지는 겁에 질려 있었다. 아, 아버지가 아니

폭설 201

었구나!

입간판 뒤에 몸을 숨긴 채 몇 분을 더 지켜보았지만 아버지의 리볼버는 결국 불을 뿜지 못했다. 기회가 많았음에도. 그녀가 그렇게 소리쳐도 내다보는 이 하나 없었음에도.

아버지가 주저하는 사이 그녀는 키위새처럼 뒤뚱거리며 골목 저 끝으로 멀어져 갔다.

"어디 갔다 와? 아까는 불러도 대답도 않고 허둥지둥 가데?"

마당에서 눈덩이를 만들던 경수가 물었다. 경수 옆에는 던지기 좋게 주먹만 한 크기로 뭉쳐진 눈덩이들이 수북이 쌓여 있었다.

"눈싸움하자며?"

내가 쳐다보자 경수가 말했다.

"얼른 옷 갈아입고 나와. 이런 눈 또 언제 올지 몰라. 누나가 할머니 돼야 올 수도 있어. 그때는 눈싸움하고 싶어도 팔 힘이 없어서 못할걸."

경수가 재촉했지만 나는 방으로 들어가자마자 외투도 벗지 못하고 그대로 누워 버렸다. 할머니 되려면 아직 멀었는데, 팔 힘뿐 아니라 온몸에 힘이 하나도 없었다. 누나, 뭐 해?

경수가 내 방 창턱으로 눈덩이를 날렸다.

"아빠는 어디 갔었어요? 눈 좀 같이 치우지 나한테 다 맡겨 놓고 정말 너무하네."

경수의 목소리가 들렸다.

"아빠, 눈싸움할래요?"

다시 경수의 목소리.

"살살 던질게요."

또다시 경수의 목소리.

"아, 좀! 대답 좀 하지?"

잠시 후 마루문이 열렸다 닫히는 소리가 들리고, 또 잠시 후에는 방문이 열렸다 닫히는 소리가 들렸다. 그리고 경수의 목소리.

"다들 왜 그래? 난체로 약 먹었어?"

나는 그대로 깜빡 잠이 들었다가 경수가 흔들어 깨우는 바람에 일어났다. 자면서 식은땀을 흘렸는지 속옷이 축축하게 젖어 있었다. 외투를 벗고 대신 이불을 꺼내 덮었다. 다시 누우려는 나를 경수가 팔목을 잡아 일으켜 앉혔다.

"내 말 좀 듣고 누워. 특종이야. 아까는 깜빡했는데 아빠 먹는 약, 그거 뭔지 알아냈어. 동네 아줌마 하나가 그런 약들 팔러 다니는데 단체로 사면 싸게 준다고 했다나 봐. 그래서 우리 골목 아저씨들은 다 먹고 있대."

경수가 장난기 가득한 눈을 빛내며 말했다. 뭔데? 내가 물어도 대답은 않고 제 할 말만 했다.

"골목에 눈 치우러 나갔다가 아저씨들 만났거든. 아빠한테 애인 생겼냐고 묻는 거야. 내가 아니라고 했더니 안 믿어. 애인도 없이 그런 약을 먹을 리가 있냐고. 이제 뭐냐고 물어봐."

물어볼 필요도 없었다. 그때쯤에는 나도 눈치채고 있었다. 내가 묻지 않자 결국 경수가 목소리를 낮추고는 답을 내놓았다.

"정력제래. 그게 그런 약이래. 깜짝 놀랐지? 나만 괜히 헛고생했어. 눈속임으로 아무렇게나 찍은 스펠링 가지고 무슨 약인지 알아낸다는 게 처음부터 말이 안 됐지. 아빠도 참, 나한테는 살짝 귀띔해 줘도 되는 거잖아. 아무튼 사람 걱정시키는 덴 뭐가 있다니까. 그런데 정말 아빠한테 애인 생긴 거 아닐까? 누나는 뭐 좀 아는 거 없어?"

경수가 대답을 바라며 쳐다보았지만 나는 아무런 말도 해 주지 못했다. 짐작 가는 바가 없지는 않았으나 겁에 질려 있던 아버지의 눈을 떠올리고는 입을 다물었다.

그날 저녁이었다. 밥상에 둘러앉은 우리는 식사 시간 내내 소리 없는 신경전을 벌였다. 경수는 보란 듯 눈에 띄게 아버지를 힐끔대며 혼자 실실거렸고, 아버지는 그런 경수를 애써 외면하며 반주로 시작한 소주를 한 병 가까이나 비워 나가고 있었다. 나는 경수에게 약 얘기를 꺼내지 못하도록 눈치 주느라 진을 다 뺐다. 아무리 힐끔대고 실실거려도 아버지가 반응을 보이지 않자 경수는 입 모양으로 '아빠 왜 이러지?' 물어 왔다. 하긴 의아하기도 할 것이다. 평소의 아버지라면 벌써 핀잔과 잔소리를 한 바가지는 쏟아 놓았을 테니까.

경수와 나는 밥을 다 먹고도 밥상에서 일어나지 못했다. 아버지가 술을 마시고 있었기 때문이었고, 소주 한 병에 취한 아버지가 중얼중얼 넋두리를 늘어놓았기 때문이었다. 처음에 아버지의 불만 대상은 구둣가게의 버릇없는 어린 직원들이었고, 수제화에 대해서는 쥐뿔도 모르면서 장인들을 무시하는 젊은 사장이었다. 그러다 점차 아버지 인생 전반으로 범위가 넓어졌다. 하필 가난한 농사꾼의 아들로 태어난 것, 대학은 꿈도 꿔보지 못한 것, 주위에서도 대학에 가라거나 공부를 하라고 이끌어 준 사람이 하나도 없다는 것, 평생을 뼈 빠지게 일해도 늘 그 자리라는 것, 굽실거리고 사과하고 하찮은 동정에도 머리 조아리며 감사하느라 인생이 다 갔다는 것······.

경수가 또 입 모양으로 물었다. 오늘 아빠한테 무슨 일 있었어? 아빠 오늘 왜 이러지? 약 들켰다고 이러는 거야? 그냥 조금 놀려 볼까 싶어서 그랬는데 이거 과민 반응 맞지? 애인한테 차였나?

아버지의 넋두리는 만인에 대한 불만에서 자기 연민을 거쳐 어느새 자책으로 넘어가 있었다. 아버지가 중얼거렸다.

"너무 고생을 시켰다. 내가 능력이 없어서……. 다 내 잘못이다. 그 총구는, 사실은 내게로 향해야 할 거였다. 나를 겨냥할 용기가 없어서……. 내가 겁쟁이다. 나를 죽일 용기도 남을 죽일 용기도 없는 내가 겁쟁이야. 차라리 내가 먼저 갔더라면, 내가 병에 걸렸더라면 좋았을 것을. 사실은 그때 수술을 할 수도 있었다. 가능성이 반반이었다. 싫다고 해도 내가 더 설득했어야 했는데……. 대출을 받아서라도, 집이 넘어가는 한이 있더라도, 아무리 집 하나 갖는 게 그 사람 평생의 꿈이었다 해도……. 다 죽어 가는 사람 말을 듣다니…… 내가 나쁜 놈이다……. 내가 겁쟁이다……."

아버지의 말 중간 중간 경수가 끼어들려는 걸 가까스로 막았다. 경수가 무슨 말을 하려는지도 알았다. 나 역시 경수의 생각과 크게 다르지 않았다. 하지만 우리가 무슨 자격으로 아버지를 비난할 수 있을까. 그 상황에 처해 보지 않고서 우리가 무슨 자격으로. 게다가 아버지는 오늘, 너무 힘든 하루를 보냈다.

아버지가 벽에 기댄 채 잠이 든 뒤에야 내가 말했다.

"네가 아버지 이해해. 엄마 성격 알잖아. 남은 사람들한테 이 집 물려주고 싶어서 고집부렸을 거야."

"알아."

경수가 힘없이 대꾸했다.

"우리 경수 철들었네?"

내가 아이를 어르듯 말하자 잠든 아버지를 가만히 내려다보던 경수가 피식 웃었다.

"언제는 뭐."

경수는 잠든 아버지를 안아 방에다 뉘었다. 나는 마당을 내다보았다. 오후부터 기온이 급격히 내려가더니 쌓인 눈이 그대로 얼어붙고 있었다. 이제 땅속의 항아리는 필요 없을지도 모른다는 생각이 들었다. 김치 담가서 항아리 대신 김칫독이나 파묻을까······. 마당 한쪽에 쌓인 눈덩이를 바라보며 나는 맥없이 중얼거렸다.

며칠 뒤였다. 밖에 나갔다 돌아온 경수가 잔뜩 흥분해서는 떠들었다. 국제상사 여자가 죽었다는 것이었다.

"눈길에 미끄러졌다나 봐. 머리를 부딪쳐서 그대로 즉사했대. 벌써 발인까지 다 끝났어. 눈길에 미끄러진다고 죽다니, 으, 끔찍해라."

부엌에 있던 나는 나도 모르게 아버지를 돌아보았다. 아버지는 힐끗 경수를 올려다보았을 뿐 이렇다 할 표정 변화 없이 다시 텔레비전으로 눈을 돌렸다. 내가 지금 무슨 생각을 하는 거지? 나는 얼른 머릿속 생각을 털어 냈다.

"언제 그랬대?"

마루에 서서 한차례 몸을 떨어 보이는 경수에게 내가 물었다.

"첫눈 온 날 있잖아. 그다음 날 밤. 정말 김장하는 거야?"

경수가 외투를 벗어 놓고 부엌으로 오더니 손을 씻었다. 나도 모르게 또 아버지를 돌아보았다. 아버지는 텔레비전을 끄고 일어나더니 슬그머니 방으로 들어갔다. 첫눈 온 다음 날 밤이라……. 그날 아버지가 집에 있었는지 어땠는지 기억을 헤집는 나를 발견하고는 다시 얼른 머릿속 생각을 털어 냈다. 그때도 못한 걸 나중이라고 할 수 있었을까.

"누구한테 들었어?"

"직원이 그러데. 오늘 우연히 만났거든. 길거리에서 딱. 음식은 손으로 해야지. 손맛 몰라? 그러니까 누나가 하는 음식은 맛이 없는 거야."

고무장갑 낀 내 손을 보며 경수가 타박했다. 비켜 봐, 말하더니 고무대야를 차지하고 앉는 경수는 어쩐지 기분이 좋아 보였다. 이유는 곧 밝혀졌다.

"아, 이제 두 다리 쭉 뻗고 잘 수 있겠다. 그 아줌마한테는 미안한 말이지만."

아버지를 희생시키지 않고도 일이 해결됐지만 나는 전혀 홀가분하지 않았다. 그녀의 죽음은 어쩌면 우리 때문인지도 모른다는 생각이 들었다. 우리가 너무 열심히 미워해서인지도. 그래서 아버지도 죄책감을 느끼는 게 아닐까.

"사실은 누나, 나 만나는 사람 있어."

맨손으로 척척 배추에 양념을 치대며 경수가 말했다. 짐작가는 바가 있었지만 나는 모르는 척 누구냐고 물었다.

"그냥 있어, 그런 사람. 향수 뿌리고 나간다고 누나가 놀릴 게 뻔하니까 미리 말하는 거야. 말했으니까 이제 놀리기 없기다."

경수는 휘파람까지 불며 김치를 담갔다. 기분이 좋았던 게 사실은 미스 리 때문이었던가 보았다. 나는 경수가 버무려놓은 김치를 독에다 차곡차곡 넣으며 말했다.

"향수 뿌린다고 놀렸냐? 너무 많이 뿌리니까 놀렸지. 촌스럽게."

"쳇, 그게 그거지. 근데 오늘 저녁에 축하주라도 하나?"

그래 놓고 경수가 얼른 덧붙였다.

"아, 아니다. 그래도 그건 좀 심하지?"

나는 아무 말도 하지 않았다. 그러자 경수도 더는 그 얘기를 꺼내지 않았다.

우리는 묵묵히 김치를 담그고 독을 채워 나갔다. 김장이 끝난 뒤에는 땅속의 항아리들을 파내고 대신 그 자리에 김칫독을 파묻기 시작했다. 항아리 위에 덮인 흙을 떠내는 데만도 한 시간이 넘게 걸렸다. 하필 이런 날…… 눈도 아직 다 안 녹았는데…… 한겨울에 무슨 김장을 한다고…… 작업을 하는 내내 경수가 투덜거렸다. 나는 옆에 서서 뜨거운 물을 부어 볼까, 온풍기를 틀어 볼까, 머릿속으로만 궁리할 뿐 실제로 움직이지는 않았다. 생전 처음 해본 김장이었다. 힘들게 땅을 파고는 있지만 사실은 먹을 수 있을지도 장담할 수 없었다. 어쩌면 우리는 겨울 내내 김치찌개나 김치볶음만 먹어야 할지도 몰랐다. 그래도 뭐, 처음이니까. 잘했어, 은수. 나는 미리 나를 용서해 주었다.

이튿날부터 사흘간 아버지 방에 몰래 들어가 남은 약을 세어 보았다. 이제 아버지는 문갑 서랍을 잠그지도, 약을 어디

딴 곳에 숨겨 놓고 약봉지에 조금씩 넣어 다니며 먹지도 않았다. 약은 지퍼백에 담긴 채 서랍 속에 얌전히 누워 있었다. 사흘 동안 세어 보았지만 개수에 변화가 없었다. 엄청 비싼 약일 거면서 아버지는 먹지도 않고 그대로 방치하고 있었다. 에어컨 하나 사는 데도 벌벌 떠는 구두쇠가.

나는 내 주위 사람들부터 시작했다. 우리 동네에만 해도 과부가 제법 있었다. 사거리슈퍼 아줌마도 과부였다. 신나마트 계산원 아줌마 중 하나도 역시 과부였다. 수강생들 중에도 친정 엄마나 시어머니가 과부인 사람이 몇 되었다. 나는 노트를 한 권 사서 과부 명부를 만들었다. 이름을 쓰고 나이를 적고 주소와 성격도 간략하게 적어 넣었다. 나이가 너무 많거나 적은 사람은 제외했다. 사는 곳이 너무 멀어도 제외했다. 불같은 성격이라거나 물 같은 성격도 역시 제외시켰다.

나는 하루도 빼놓지 않고 그 작업을 진행했다. 과부 명부에는 매일매일 새로운 인물이 등록되기도 하고 기존의 인물이 탈락되기도 했다. 탈락됐던 인물이 갱생의 기회를 얻어 다시 등록되기도 했다. 일곱 명에서 네 명으로, 네 명에서 여섯 명으로 등락을 거듭하며 과부 명부는 끊임없이 업그레이드되고 변모를 거듭했다. 그러면서 조금씩 어떤 정점을 향해 나아가고 있었다.

아버지가 외출한 어느 날 경수와 나는 도청기를 찾기 위해 온 집 안을 샅샅이 뒤졌다. 마루와 아버지 방뿐만 아니라 경수 방과 내 방도 살펴보았다. 도청기는 어디에서도 발견되지 않았다. 어쩌면 아버지가 미리 치웠거나 우리가 찾지 못한 것일 수도 있지만 우리는 처음부터 도청기가 없었다고 결론 내렸다.

"그냥 아빠가 독심술 했다고 생각할래. 능력자 아빠라니, 멋있잖아."

경수는 예전에 일하던 이삿짐센터에 다시 취직했다. 힘들다고 징징거려도 다른 곳보다 월급이 셌다. 연애를 하려면 돈이 많이 들었다. 요즘 경수의 고민거리는 미스 리와 쉬는 날을 딱 맞추는 것이었다. 이삿짐센터 직원이라는 직업의 특성상 일요일은 언감생심 꿈도 꾸지 못했고, 미리 약속받은 평일이라도 잘 지켜지기를 바라는 수밖에 없었다. 이사철이 아님에도 이상하게 평일조차 그게 쉽지 않았다.

"내내 안 하다가 내가 쉬는 날만 되면 이사한다니까. 그것도 갑자기."

경수의 단골 불평 메뉴였다.

나는 패션학교에서 주임 선생이 되었다. 말하자면 다른 선생들의 우두머리가 된 것이다. 나는 이제 패션학교의 이인자였고, 원장이 없을 때는 내가 대장이었다. 물론 이름뿐인 직책이라는 것은 알았다. 내가 며칠을 고민한 끝에 그만둔다고 했을 때 원장이 마지못해 씌워 준 감투라는 것도 알았다. 주임 선생이 되었다고 해서 하는 일이 달라진 것도 아니었다. 나는 여전히 월급에 비해 턱없이 많은 수업 스케줄을 소화했고, 외톨이처럼 지냈다. 다른 선생들이 나를 더 깍듯하게 대하지도, 내게 무슨 권한이 생긴 것도 아니었지만 나는 퇴사 결정을 철회했다. 내 발언의 힘을, 직장에서의 내 위치를 나에게 입증한 것으로 만족했다. 살다 보면 언젠가는 내 가게를 가질 날도 오겠지.

어느 날부턴가 아버지는 첩보영화도 멜로영화도 보지 않고 코미디 프로만 보기 시작했다. 웃을 일이 있어야지. 그게 아버지가 코미디 프로를 보는 이유였다. 말하자면 실컷 웃기 위해 코미디 프로를 보았다. 아버지는 출근했다 돌아오면 텔레비전을 보았고 밤이 깊으면 그대로 마루에서 잠들었다. 나는 아버지에게 내가 진행하고 있는 일에 대해서는 일절 얘기하지 않았다. 내가 찾는 정점, 그 미지의 극점에 도달할 때까지는 비밀로 할 작정이었다.

|작가의 말|

 길을 걷는다. 사람들을 본다. 사람들은 모두 제각기의 표정을 갖고 있다. 기분과 상관없이 늘 웃는 얼굴이 있고 무표정한 얼굴이 있고 심각한 얼굴이 있다. 길을 걸으며 나는 사람들의 얼굴에 새겨진 그들만의 역사를 상상한다.
 누군가가 전화를 한다. 그 누군가는 내가 잘 모르거나 잘 알거나 조금 아는 사람들의 근황을 전한다. 나는 듣는다. 전화를 끊은 뒤 나는 내가 잘 모르거나 잘 알거나 조금 아는 사람들의 과거 혹은 미래를 상상한다.
 누군가가 아래층 혹은 위층으로 이사를 온다. 그들과 우편함을 공유한다. 관공서에서, 법원에서, 또는 은행에서 우편물이 날아온다. 누군가에게는 주로 법원에서, 누군가에게는 주로 은행에서, 또 누군가에게는 주로 교회나 백화점에서다. 그들에게 배달되는 우편물을 보며 나는 그들의 현재를 상상한다.

　이것은 조금 색다른 방식으로 풀어 가는 가족 이야기이다.
　여기에 두 가족이 있다.
　한 번의 겨울과 두 번의 여름을 나는 이 가족들과 함께 보냈다. 때로 즐겁고, 또 때로는 뭉클한 시간들이었다.
　어디인가에서는 여전히 은수네 가족이 티격태격하며 살아가고 있을 것만 같다. 이제쯤 은수는 꿈을 이뤘는지, 아버지는 짝을 찾았는지, 경수는 아직도 미스 리와 열애 중인지, 지금도 나는 궁금하다.
　자음과모음에 감사드린다.

2011년 봄

키위새 날다

ⓒ 구경미, 2011
1판 1쇄 인쇄 | 2011년 4월 7일
1판 1쇄 발행 | 2011년 4월 22일

지은이 | 구경미
펴낸이 | 강병철
주　간 | 정은영
편　집 | 신주식
디자인 | 송민재
제　작 | 장성준, 김우진
영　업 | 조광진, 안재임, 서상원, 박형문, 강정수
마케팅 | 원종필, 정지운, 박제연

펴낸곳 | 자음과모음
출판등록 | 2001년 5월 8일 제20-222호
주　소 | 121-753 서울시 마포구 동교동 165-1 미래프라자빌딩 7층
전　화 | 편집부 02) 324-2347, 총무부 02) 325-6047
팩　스 | 편집부 02) 324-2348, 총무부 02) 2648-1311
E-mail | neofiction@jamobook.com
홈페이지 | www.jamo21.net

ISBN 978-89-5707-553-1 (03810)

잘못된 책은 교환해드립니다.
저자와의 협의하에 인지는 붙이지 않습니다.